Lisbon Blues

Seguido de **Desarmonia**

Copyright do texto © 2008 José Luiz Tavares
Copyright das ilustrações © 2008 Fernando Pacheco
Copyright da edição © 2008 Escrituras Editora

Todos os direitos desta edição cedidos à
Escrituras Editora e Distribuidora de Livros Ltda.
Rua Maestro Callia, 123 – Vila Mariana – 04012-100 – São Paulo, SP
Telefax: (11) 5082-4190 – http://www.escrituras.com.br
e-mail: escrituras@escrituras.com.br

Criadores da Coleção Ponte Velha
António Osório (Portugal) e Carlos Nejar (Brasil)

Organização *Floriano Martins*
Editor *Raimundo Gadelha*
Coordenação editorial e gráfica *Fernando Borsetti*
Capa & projeto gráfico *Vaner Alaimo*
Ilustrações de capa & miolo *Fernando Pacheco*
Impressão *Bartira Gráfica*

Agradecimentos a José Luis Hoppfer C. Almada, José Aloise Bahia e José Luiz Tavares.

Dados Internacionais de Catalogação na Publicação (CIP)
(Câmara Brasileira do Livro, SP, Brasil)

Tavares, José Luiz
   Lisbon Blues / José Luiz Tavares ; organização
Floriano Martins ; artista convidado Fernando
Pacheco. -- São Paulo : Escrituras Editora,
2008. -- (Coleção ponte velha)

   ISBN 978-85-7531-312-1

   1. Poesia portuguesa I. Martins, Floriano.
II. Pacheco, Fernando. III. Título. IV. Série.

08-10093   CDD-869.1

Índices para catálogo sistemático:
1. Poesia : Literatura portuguesa 869.1

Impresso no Brasil
Printed in Brazil

JOSÉ LUIZ TAVARES

Lisbon Blues

Seguido de **Desarmonia**

Organização
Floriano Martins

Artista convidado
Fernando Pacheco

escrituras
São Paulo, 2008

SUMÁRIO

Nota editorial 9

LISBON BLUES 11

À memória de Hélder Gonçalves 15

MAPAS 17

    Rua do sol ao rato 19
    Pela mão de Cesário 20
    Lição de urbanismo 21
    Da estrela à graça no elétrico 28 22
    Terreiro do paço 23
    Ensaio de pintura 24
    O rapaz de bronze 26
    Lembrança de Manuel Bandeira num outono de Lisboa 27
    Lisboa – Castilla (com Nemésio por companhia) 29
    Retrato do poeta quando novel amigo à saída do Palmeira ... 30
    Leitaria camponeza 31
    Elegia do elevador da bica 32
    Balada da rua dos cordoeiros 33
    Retrato a clerasil 34
    Jardim constantino 35
    Alfama 36
    Cidade 37
    Castelo de São Jorge 38
    Vista aérea (miradouro de Santa Luzia) 39
    Toada da morena passando 40
    Romance de Lola crioula 41
    Litania para um domingo de Lisboa 42
    As ciganas do parque 44
    Ultramarino 45
    Anti-postal 46
    Postal do intendente 47
    Balada do cais de sodré 48
    Noturno do Rossio 50
    Beco do chão salgado 51
    Zoom 52
    Santa Catarina outra vez 53

Elegia do jardim do Torel 54
Madrugada do Chiado 55
Quarteto do Tejo 57
1. Fermoso Tejo meu... *57*
2. O rio quando antilira *59*
3. Lamento pelo rio Tejo *60*
4. Anti-elegia da beira-tejo.. *61*

ÚLTIMO CABO 63
1. 65
2. 66
3. 67
4. 68
5. 69
6. (Fado da perdição)... 70
7. (Jardim do príncipe real) 71
8. 72
9. (Aqueduto das águas livres) 73
10. (Elevador de Santa Justa) 74
11. 75
12. 76
13. 77
14. 78
15. 79
16. 80
17. 81
18. 82
19. 83
20. 84

DERIVAS 85
1. 87
2. 88
3. 89
4. 90
5. 91
6. 92
7. 93
8. 94
9. 95
10. 96
11. 97
12. (Sobre uma fotografia de Bernard Plossu) 98
13. 99

14. 100
15. 101
16. 102
17. 103
18. 104
19. 105
20. 106

DESARMONIA - SONETOS ESCONSOS 109

POESIA 111
Oficina irritada 113
Pórtico 114

PARTES DA BRUMA 115
1. 117
2. 118
3. 119
4. 120
5. 121
6. 122
7. 123
8. 124
9. 125

PERTO DO CORAÇÃO 127
1. 129
2. 130
3. 131
4. 132
5. 133
6. 134
7. 135
8. 136
9. 137
10. 138
11. 139
12. 140

O FLATO DE ORFEU 141
1. 143
2. 144
3. 145

4. 146
5. 147
6. 148
7. 149
8. 150
9. 151
10. 152
11. 153
12. 154

MÍNIMO OSSÁRIO | Sonetos para o meu pé esquerdo 155
1. 157
2. 158
3. 159
4. 160
5. 161
6. 162
7. 163
8. 164
9. 165
10. 166

MATÉRIA ÍGNEA 167
1. 169
2. 170
3. 171
4. 172
5. 173
6. 174
7. 175
8. 176
9. 177

À BEIRA DAS CINZAS 179
1. 181
2. 182
3. 183
4. 184
5. 185
6. 186
7. 187
8. 188
9. 189

José Luiz Tavares: um percurso fecundo e luminoso na novíssima
poesia caboverdiana, por José Luis Hopffer C. Almada 191

NOTA EDITORIAL

Este livro reúne dois títulos de José Luiz Tavares (Cabo Verde, 1967). O posfácio apresenta ensaio de José Luís Hopffer C. Almada (Cabo Verde, 1960), já publicado no Brasil na revista *Agulha* # 62 (março/abril de 2008). Seu autor é poeta e editor, já com destacada presença no meio editorial de seu país. O artista Fernando Pacheco (Minas Gerais, 1949) ilustra capa e interiores da presente edição.

LISBON BLUES

*subamos e desçamos a avenida
enquanto esperamos por uma outra
(ou pela outra) vida.*

Alexandre O'neill

À MEMÓRIA DE HÉLDER GONÇALVES

Ficaste domiciliado no oito oito sete,
pequena pátria, estreitíssima casa,
o fim de maio estava cá uma brasa,
mas vir ao teu enterro não foi frete

nenhum, pá – vi a gente alegrete entre
um elogio e um lamento; havias de ver,
lisboa, o tejo e tudo nesse entardecer
em que a malta veio dizer-te até sempre.

Se algures te saírem trevas ao caminho,
diz-lhes que levas o claro sol das ilhas por
companhia, luzeiros da senhora da agonia.

Havemos de conversar em tom baixinho,
quando lá em cima ou cá em baixo o calor
apertar, ouvindo o relato na velha telefonia.

MAPAS

RUA DO SOL AO RATO

E fugias na fotografia
pelo dia ameaçando terramoto,
declinava, lírico e brando, esse outono
de ruivos esplendores, alucinada voz
guiando-te pelos esconsos labirintos da manhã.

E assim aprendes, moreno das ilhas,
a imponderável alma desta moira cidade,
nunca havido paraíso que um império
soçobrante te prometera quando a metrópole
desertava ao clangor de chamas e rebates
e paris se adivinhava pelos obscuros trilhos
da fronteira.

Mas na madrugada de vozes inebriadas,
onde vinham anichar-se os suspiros das almas
desenganadas, doía-te ainda pouco o mundo
no écran da alma, e as diurnas assembleias
de fantasmas só muito mais tarde germinariam
tal névoa iridescendo nos cerros de dezembro.

Porém cantava-se "ilha ao longe é o teu
destino", com os olhos afundados nesse tejo
parturiente das neblinas que descampam
margens e colinas, mínima epopeia
que desconsente as cromadas narrações
nos embolorados pátios da história.

Ó manhã patinando desde o eixo inclinado
do solstício, concede-nos ao menos o calor
simples alevantando-se com amorosa suavidade,
a nós os estrangeiros filhos desta cidade,
nós os que avançamos direitos na fotografia
sobre um palco ainda iluminado
pela voz firme desse negro cantor das ilhas.

PELA MÃO DE CESÁRIO

Dizem que é de manhã,
quando o coração tem a medida do sossego
e o disfarce é ainda de homem
subtraído ao garrote embolorado do destino,
que os deuses nos minutam os desígnios.

Fora virente jardim que a bruma aquieta,
com seu estendal de fantoches
e cenário de fim de feira,
ainda assim a minha intimidade
seria apenas com essa mágoa feita osso
que de noite vela a curva do abandono.

Vista desde a ombreira
dos meus friáveis vinte anos, esses
que cedem ao extravio o débito do remorso,
é alta a tentação do júbilo, náufrago que fora
no encalço duma irrefreável sede
como verde colono dos arrabaldes.

Mas eu tenho a alma gangrenada
pelas horas de espera nos bancos de fuligem,
pobre cesário negro que douro a voz
com a tinta das antigas arcádias,
inda o real apenas em modo baço mana
desde a fria incandescência da língua.

Eis porque melancólico engraxador da realidade
sob o céu que acortina a solidão
ajusto o pulso ao embate sem heroísmo,
a essa arte de ciladas
que nocauta o verde lirismo das manhãs.

LIÇÃO DE URBANISMO

Uma cidade é essa intérmina ameaça
de luzes, mesmo quando um véu de
névoa tolhe os horizontes que uma
infância baldia soldou ao sangue

– cosa mentale, certamente,
onde um rio grita de ausência
para as bandas do sol-posto.

O amor de passagem dá guarida
em sujos quartos acidentais.
Por vezes, um sadio rumor vegetal
nos recorda os antigos estivais quintais.

Nela quase tudo é anónimo; embora,
outrora, um simples sulco no chão
do fundador constituísse a assinatura.

Feérica paisagem, colori-la com demão,
é ofício de prosa obesa; da cidade mostrar
a agudeza e a simetria, requer poesia chã.

DA ESTRELA À GRAÇA NO ELÉTRICO 28

Pelo findar do inverno ia eu nesse elétrico,
por entre o marulho dos freios suaves turistas,
peregrino pedalando o diurno rosto da cidade,
não vi molero nem ofelinha – só o mulherio
esvoaçante da estrela ao bairro alto,
passos e ruas tão para sempre perdidos
ao vagar de março lustrando os poiais.

Depois, seguia ronceiro, modelo de dolência,
por essa graça súbita e distante,
por estreitas ruas que guardam o azul
temporão das manhãs de junho e o grave
semblante de quem, face ao rio, se despede
da breve primavera dos trabalhos.

Nuvens, telhados, quisera a vista estar
tão próxima desta intacta geometria, deste
tão consentido murmúrio sobre as graves
cabeças dos homens, projeto de aliança
que o vento estende sobre a secreta morada
dos mortos.

Desliza pelos dias noites de inverno,
feito nau de um distante passado,
navio do nosso futuro.
Vai sonâmbulo e vai subindo, da estrela
ao bairro alto, por entre choupos castelos
moiramas; vai de amarelo e ferrugem,
inquebrada seta pelo dealbar do dia,
caminho da graça, derradeira morada.

TERREIRO DO PAÇO

Esta praça abre-se ao rio.
Involuntário turista (com sotaque
e nenhum vintém), ao sol me abro
nos dias altos de tristeza.

As ariscas fachadas são o limite
para o meu diáfano voo quando a fundo
o além me inquieta – hipóstase
dessa demorada atenção concedida
aos seres mínimos, terrenos?

Não é em seu louvor que me embrenho
pelos alvéolos que o estio jugula
– aquém do paredão, onde o flato
dos automóveis a atmosfera enubla,
o sonegado rosto vigio em surdina.

Tombasse aqui agora um rei,
ou um capitão avançasse de petardo
na algibeira, a minha indiferença
seria igual à do cimento
onde o rio afaga as barbas.

A vida, mano, não ta ensinam os pombos
caudatários tornando a este redil dúbio.
Eu apuro o amarfanhado sotaque
para o público louvor evocativo,
mas uma madame levou-me a língua
anelada ao seu boteriano cu redondo.

ENSAIO DE PINTURA

1.

Embora canaletto não seja,
nem tu sereníssima veneza,
em cores anfíbias te repinto
por sobre esconso cavalete,
que não verde estátua equestre,
dessas que dão guarida
a pombos e vária fauna.

Já sobre uma duna és holanda,
a de espinoza e sinagogas,
a que o mar increpa e louva,
e onde não é morta a água,
mas de amstel a céus de utreque
move lembranças e usinas.

O negro te é intestino
nos mil poros em que te abres
quando um céu hialino
soergue toldos e estores.

Bem recortada, um mondrian serias,
mas a alma tens em siguiriyas
e a medida do que apenas cabe
em maludianas íntimas janelas
donde se espreita tua multímoda natureza.

2.

Fica-te à mão de pintar esta cidade.
Com seus enxutos ventos,
irmãos das brisas primaveris,
seu moiro castelo donde há muito
desertou o rumor das pelejas –
se se ouve, é apenas o atropelo
dos turistas em busca da melhor vista.

Burgo que nos deu pessoa, o viajante
imóvel, suas esquinas guardam estórias
de navalhas que já não ferem
nem num repente de guitarradas –
oiço-as, aves sem beiral, lamentando
idas madrugadas de estúrdia e garraiadas.

Um eco é tudo o que delas fica
quando a voz do outono
surde nas ameias
desdoirando o rosto deste burgo
ancorado na restinga.

O RAPAZ DE BRONZE

Levantava a vista, cingida ao distante
verde dos morros. Como se a tarde fora
um oscuro dizer, alteada chama,
clamoroso precipício.

Eu escutava-lhe a sumida cor dos olhos,
o falso mover dos quadris,
a fosca litania de cego. Tinha poucos
anos, o rapaz de bronze. A pátria,
essa tão doce ferida, arde-lhe
no vazado cobre dos lábios, e, no lugar
que fora o coração, a pressa silvestre
de um verde quase lume.

Decifrar, dizes tu, apontando a intacta
caganita dos pombos. Decifrar
os múrmuros sinais, os ímpios castelos,
a pressa do outono, relâmpagos de ternura.

Eu chorei pela cegueira dos oráculos,
pelos ombros do rapaz tão docemente
inclinados ao minguante alvoroço das asas.

LEMBRANÇA DE MANUEL BANDEIRA
NUM OUTONO DE LISBOA

"Meus pedestres semelhantes",
escreveste; mas eu, baleeiro da fome
sob a unção do frio,
tão aéreo cicerone me fizeram
estes claros dias de outubro.

Um tostão de azul (coisa pouca,
apenas p'ra com sul rimar)
nos tetos frios do outono
ao mais triste de mim
leva a trémula consolação da cor.

Nos pátios caligráficos, ruivos amores
reinvento (hermeneuta sou dos segredos
que soterra o tempo) e virentes acenos
à pura noiva imaginada.

Real, porém, a mulher longeva
vendendo hortaliças
na viela fagulhante de turistas.
(Eu também já estive pelas suíças,
mas a apanhar morangos e castiças).

E vendo assim lisboa (so beautiful)
assalta-me a lembrança de um outro azul
– sob suas fímbrias plantei
renques de acácias e tabuletas alusivas;

sob seus desdoirados ramos
desamores lamentei,
que não sou amigo do rei,
nem cheganças com deuses hei.

Mas se é de sua lei
que, embora triste, seja altivo amigo
da grei, tal sina não maldigo;
talvez mesmo comigo diga:
grato estou a estes claros dias
em que das lágrimas fiz maravilhas.

LISBOA – CASTILLA
(COM NEMÉSIO POR COMPANHIA)

Al paso de castilla,
sem paixão nos desavimos.
Madrid foi rosso vino e o prado reflorido –
sob que outros céus galatea e las meninas?

No branco dealbar das colinas,
lisboa e a memória que a repristina:
o rio desaguando na avenida, prestes
trauteie o inverno sua rouca cavatina.

Nas oblíquas moradas,
onde tão cedo nos visita a verrina,
pobre de quem a cegos tropos
confia as calhas do destino.

Mas aonde a alva anuncia o dia a pino,
hausto a hausto a vejo alcandorando-se
à neblina, eu indigno da poldra renascida
ao treno das calles de castilla.

RETRATO DO POETA QUANDO NOVEL AMIGO
À SAÍDA DO PALMEIRA

Ao António Cabrita

Entre a tusa e o lumbago arfa,
insone, o polegar. O esmalte
com que disfarçar a ciática,
que mesureiro caronte lho afiança?

Domingo nas hortas –
lúgubre reminiscência,
como um outono frisando a giba.
E, no entanto, dissera – a fala
defenestrada sara a cartilagem
por onde a inocência se escapulira.

Amava? Taberna das cinco,
sorriso torcaz, mágoas baldias.
Pois, que soubessem:
era, das seis às oito, o palmeira
todo o paraíso que os céus consentem.

LEITARIA CAMPONEZA

Dona idalina e dom diogo
nos seus muitos e leves anos
davam tanta luz às nossas vidas
na ígnea modorra dos fins de tarde.

Assim, no ânimo que já nos cinge,
paira a tinta estreme de um segredo
que nos faz moços e de perfil,
ainda quentes à mão do oleiro.

Aqui se acostam extraviados
de tantas corsárias viagens,
por sob os frisos arte nova
que a camponeza de olhos líquidos
faz remate de algodoado riso,
ligeiro como o motim das velas no tejo,
que é quietude nos ares relavados
desta donairosa leitaria.

Por manhas que eu cá sei,
fingindo dores de vate velho,
sorvo da vida o acre mosto, e idalina
e diogo em tais enleios de ternura
que ainda os quis fresca matéria de canto,
mas não há mesura para tão inocente querer,
tal esse campestre murmúrio surdindo
na poalha aurífera de um fim de outubro.

ELEGIA DO ELEVADOR DA BICA

Da névoa em debandada
ainda madrugada
subindo estica-larica
íngreme calçada da bica

são infantil brinquedo
tiritando nos carris
quando o tejo inda a medo
é rondó jiga e bis

por entre cubículos relavados
onde o amor é tinta pouca
lão vão de fuligem engalanados
ronronando em toada rouca

levam o antónio e a maria
mai-los turistas de câmara em riste
na manhã de luz sadia
só minh'alma inda é triste

que não sei dos rumos da fortuna
que perdido sou qual ulisses
enquanto vós seguis firme escuna
tão garbosos e felices

BALADA DA RUA DOS CORDOEIROS

Tantas noites aqui passei
por entre vultos ronceiros
líricos bêbados altaneiros
vassalos duma outra lei

entre chistes guitarradas
e os desatinos dalgum magala
tive o tejo por antessala
por tantas corsárias madrugadas

dá-me lume canta o palma
e eu ao griso de fim de outubro
nem poesia ou vinho rubro
rompem já tão rouca calma

houve um tempo de flibusta
por entre livros e altas luzes
agora versos não são obuses
que toda a arte é já adusta

desarmonia rotundo sino
voz de um passado redivivo
diz-me sou morto cativo
desse meu século assassino

eu que por tantas luas aqui passei
por entre surdos falcoeiros uivos
e altivos bêbados em cantos ruivos
oficiantes doutra mais alta lei

RETRATO A CLERASIL

Ao rapaz que dorme,
vi os futuros magoados olhos,
abismos onde se enristam
as defenestradas ilusões.

Tinha um sorriso de rapace malevolência,
falcoeiros punhos adestrados na incivil
arte de esmagar costelas.

Como um clamor de pugnas raiando
os ermos, arrebitavam-no trôpegas
exortações ingurgitadas nos subúrbios
assolados pelo tédio.

Uma cicatriz – que maior troféu
para um matador de arrabalde? –
alçava a impertinência aos solenizados
limites da bravura que o mais insincero
vate rastreava o incerto levedar.

Para além da linha do escuro,
onde a alcateia das imóveis estrelas
poupa-nos ao duro lance da adivinhação,
pobre rapaz enristando o sexo
ao clangor de moedas e de luzes.

JARDIM CONSTANTINO

Que de nós os troncos deste
Jardim. Pasmo e passaredo;
e caronte a dizer que sim.

Não tem barcas; embora perto
se ouvisse o uivo de um bergantim.
Aqui são outras as navegações:

na mesa de ferro, o punho mastim
rasgando a tarde cor de cetim. E quem
canta o fim em versos assim assim.

ALFAMA

Não acendas fogueiras à janela
– pode o escuro enamorar-se
das tuas verdes íris.

Sei que te são razões as brancas
neblinas por onde os sinos sopram
loas, o celofane do medo rebrilhando
navalhas na tarde sigilosa de inverno.

Nada me fará, porém, regressar
ao humano consolo do sexo,
à lacerante ternura da queda,

noite alta de verão, quando um recolhido
esplendor voga por pátios carcerários
e os súbitos martelos o pouco frémito
nos consomem.

Ao fumo que poliniza agora a alma,
tão baço o esmeril do teu nome,
que nem sempre um bairro é um galho
onde o deus ateia labaredas.

CIDADE

Do miradouro viam-se as minguantes luzes
da misericórdia – um simulacro de treva
no obscuro novembro da cidade. Um céu
longínquo respirava pelo grave vinco
dos telhados, por estreitas ruas
que guardam o eco das nossas vidas,
o incalculável regresso.

Será meu confidente o veleiro vento
vogando pela copa dos ulmeiros,
as mortas folhas de um suave novembro;
a poalha de cinza sobre o rio; três
ou quatro aves que agora não saberei
dizer o nome, porque o mundo muda
pelo cinzento requebro das suas asas.

Um requiem de sinos tece o emblema
deste dia – lábios que se perderam
na treva húmida dos jardins; um
relâmpago pelo imaginado novembro
do teu nome, quando a garoa lateja
à ilharga do sol-pôr acortinando
a ruiva despedida dos amantes.

Deixa-te findar sobre esta estendida
cadeira pela tardia hora em que os búzios
se espalham por entre as mãos do negro
na adivinhação do longínquo dia de amanhã.

CASTELO DE SÃO JORGE

Toda esta música; e já perto
a impiedade do escuro. Não havia
outra palavra para esse naufrágio,
como ondas que subissem pelas faldas
do castelo por entre ecos de moirama
afogando são jorge no seu nicho protetor.

Dizem-me ter sido ali o primeiro
casino de lisboa, um mover de amoedada
prata, noite adentro, por entre vislumbres
de cobiça, encadeados lances de conjura.

A penumbra de hoje não conta o enredo
da conquista, o subterrâneo canto
de quem sofreu o afilado extremo
de uma seta.

Pelo crescer dos séculos, roucos
pregões anunciarão alinhavadas
pelejas de festividades,
por sobre o ensanguentado
chão que já foi o deste castelo.

VISTA AÉREA
(MIRADOURO DE SANTA LUZIA)

Quem tem queda para o fogo
não abre passadiços para o vento.
"Se chove é outra coisa" – desfralda-se
a alma para o contágio dos mirones
e a incandescência que sabota
o lirismo mais brumoso.

A raros é dado o desfrute
sem remorsos e o livre comércio
para lá das entranhas do nevoeiro,
apesar do zelo com que o sol esgarça
a carunchosa crosta do mistério.

Tardos na tristeza e no desassossego,
mói-nos a ternura a horas altas;
mas, nas breves vielas onde se ouve
o ronrom do rio, já a alba verruma
num clarão canalha o débito
que uma noite de insónias misturou
ao branco borrifo da solidão.

TOADA DA MORENA PASSANDO

Eu vi uma morena passando,
musa que a tusa atiça, ondeando
pela galé do boqueirão,
que é nome de rua de lisboa,
se a memória não é ladrão.

E adunca farpa ali atroa
 – é muita boa ! –
fado de amazona que cavalga
égua de pranto rendida à fuga.

Que mentisse o céu azul ardente,
manto de troca que a noite penitente
sarja de ancas e negrume
e estrelas mungidas sem um queixume.

Morena das ilhas passando (que de ti nome
não sei), mata-me esta fome
que em estrangeira terra me carcome
a alma, flor vagarosa que, de medrosa,
dentre canteiros se não oferece,
mas espreita da janela langorosa
sempre que lisboa alvorece.

ROMANCE DE LOLA CRIOULA

Lola crioula cansada de 'scola
não era seu ofício lume panela
mas da esquina atenta sentinela
dessas que não trazem na sacola

arma Não usa trinados ademanes
tenteios À luz pouca da candeia
seu galope é agreste maré cheia
que na praia deixa corpos inanes

quem te viu lola plebeia à prístina
luz que o dia incendeia Quem te viu
já à ombreira da pensão duas luas

saberá que também foste menina
mas agora teu afago é o vento frio
que todo o dia campeia estas ruas?

LITANIA PARA UM DOMINGO DE LISBOA

Dizem que é domingo
a graça desce em seus roucos paramentos
e as gentes passam rebocando o tédio
o coração afeito à fuligem
que se derrama pelos vãos das coronárias

cobre a ferrugem
promessas de vão futuro
gravemente a natureza
(que é sempre verdadeira)
faz-se espelho de ausências

talvez seja domingo
com seu branco morno tinto
e seus pretos e seus ritos
e algum brando desatino

e desarvora o deus
a infindável rebentação
que sacode praias e ilhas
souvenir que me levasse
pela mão da sorte
aos céus dos anos moços

talvez seja outra vez domingo
na solidão vigiada pelo olhar da filha
pela cinza que enluva silos e guindastes
pelo metal da mágoa
atravessando os poços da alma

quisera já as penas de segunda
o débito que vence de rasgão
pois há sempre quem traz a alma
enroscada ao aro da incerteza
confiado que a manhã estende
uma carta de rumos até onde
o domingo é um tropo esvanecendo-se
num débil rufar de cinzas

AS CIGANAS DO PARQUE

Palpam destinos
à esquina do sol.

Recordam-nas neste parque
dois tamancos, nenhum brasão.

ULTRAMARINO

É tão cedo que a tristeza me visita.
Por bastilhas despovoadas de ternura,
cumpri os anos que sobram para a náusea.

Suando razões, canoros juízes de apito
e cartolina declararam-me insolvente
e refratário nas palustres esquinas
da metrópole.

Debaixo das suas pontes, tenho aguardado
foral que me faça baronete deste leve
inferno, com poderes sobre as almas
à distância de um cuspo.

Ficarei de ouvido à anunciação,
nesse côncavo onde o frio é um arpão
amável e senta o frio, à roda de haver ganza,
garinas fodilhonas com queda para a passa.

ANTI-POSTAL

Não é o cristo corcovado;
embora aéreo e pesaroso.

Eu, que por horizonte
tenho apenas esse negro bairro
de barracas, invejo-lhe as pupilas
mergulhadas em calmaria,

mas, hoje, por trinta dinheiros,
só umas sandes e um penalti,
ou amarga caneca de cerveja
aviada com a delicadeza
dos elefantes de aníbal.

POSTAL DO INTENDENTE

Isto aqui é o paraíso –
fazer uma mija contra a sebe,
sem que a bófia nos interpele,
embora o frio nos morda a pele
e mil dele eu te deva.

Alguém chamaria a isto vida.
Diógenes teria encontrado aqui
o seu homem. Goethe o proto-tipo.
Ovídio não lamentaria o seu exílio
– alta estima tenho por ele
embora não perceba o latinório.

Amigos na folia, vejo cão
e perdigão. Mas uns bacanos
armados em al capone
semeiam deliciosa confusão.
Quando todos aguardavam o encore
abalaram de roldão.

Na contramão, cismando, ainda
lhes perguntei se de onde vinham
a manhã se bordava a fogo,
mas apenas a pólvora dos impropérios
e um arroto de aguardente velha deixaram
por essa pretérita manhã do burgo.

BALADA DO CAIS DE SODRÉ

Enfrascava-se com diligência
dia nublado ou estival.
Ao altíssimo rogava benevolência
numa suave dicção sentimental.

Amigo era da botelha, do seu brilho
ofuscante. Ao desejo tirano
concedia o coração como um filho
que o desvelo torna ufano.

Nas praças onde o inverno é duro
e o lírico com brandas plagas sonha,
da sua lira tira o som mais puro
embora o frio nas cordas faz peçonha.

À noite, pontes o levam para onde
nenhum amor o aguarda. O escarcéu
das estrelas seu triste lamento esconde:
concedei-lhe, ó astros, a misericórdia do céu.

Neste pátio onde o silêncio é lei,
a clara perfeição sonhou dizendo:
"eu aos altos cumes ascenderei
onde piedade e talento estão jazendo."

Amigo, porém, era da botelha –
depois do apagar das últimas luzes
tinha-a por única companhia, inda de esguelha
divisasse colina acima semoventes alcatruzes.

Oh, todo o futuro é enganador, qual
donzela de verde promessa resplandecendo:
escutai, escutai o pranto outonal
nas planuras do seu rosto empalidecendo,

que uma existência não é omissão da dor,
mas anal onde ressuma todo o humano horror.

NOTURNO DO ROSSIO

Deste-me telegráficas razões
para o desamor. O noturno arco-íris
outra vez presa do teu riso –
por muito menos abandonei filhos
e mulher, e automóvel
à saída do emprego.

Rossio à noite tem ciosos habitantes,
pretos das áfricas de sorriso na algibeira,
eu diria que gente (embora a saldo
pra qualquer leve inconveniente)
que naves já não negreiras desembarcam
por sob um céu que públicos contendores
disputaram o matiz –

eu diria que fúcsia, por vezes sépia,
como nesse fundo de caravaggio
em que pretos de ginga e volteio
aguardam o vago sebastião
apreçando a jorna em indecifrável algaravia.

BECO DO CHÃO SALGADO

Aqui pereceram os távoras
– razões de cobiça e poder.
Beco do chão salgado é o nome
do lugar. E nem supõe o azul céu
de setembro que já fora campo
de fogo e de mortos.

Ante um fundo de turistas,
saem noivos do mosteiro onde jaz
camões faminto e laureado.
Palmas de misericórdia por quem traz
nos dedos, anéis, algemas, guilhotinas
– eram muito novos, por deus,
quando se precipitaram
na cinzenta rota do naufrágio.

De longe os vejo, vejo-os e comovo-me
sobre esse chão de folhas úmidas,
cada eco relembrando essa tarde
em que à praça do império velas brancas
crinas negras é toda a eternidade
que os céus consentem.

ZOOM

Tão fluviais estes telhados –
não é flor que se leve na lapela,
mas arquive-se na memória
por sobre o tejo e a outra banda.

SANTA CATARINA OUTRA VEZ

Segurava por entre os dedos
velhas moedas cor de musgo.
Árvores assim correm o dia
ao arrepio de mapas e esquissos.

Eu defendia-me da palavra
amor, quer dizer: do gume
perseverante fabricando o tumulto
por entre as mansardas do coração.

O rio, entre duas torres.
Santa catarina sob a última luz.
Defronte – núbeis raparigas,
maré de farpas e requebros.

"Detesto negros e turistas",
disse o homem debruçado
no varandim da tarde.
Eu vou afundar-me no transumante
abismo dos póstumos abraços.

ELEGIA DO JARDIM DO TOREL

Vem com a primavera a primeira ave.
Quente em meus ombros, o sol de março,
e eu sem versos com que cantá-lo
aqui à boca da praça onde áspera vida
é pão de velhos, esses que nem a lei
da morte vem libertar.

Amigo ancorado no sossego, eu sei
que a morte é só um fugidio instante,
mas a dor, senhor, a que esmaga
o alto lambril do coração?

Sós e remotos, os velhos deste jardim;
tão carcomidos e tremeliques
que peço a deus outono nas varandas
à primavera em jardim de velhos.

MADRUGADA DO CHIADO

Múltiplo solitário poeta
com o universo inteiro na cabeça,
eis-te agora sentado em extática glória
aqui onde te assopram ao ouvido
os lodosos detritos dos dias
e as líquidas profecias
derramadas ao sereno refluir das luzes.

Triste despessoado fernandinho,
aqui posto em estado de estátua,
a rara chuva destes dias
já não aleita as raízes donde crescem
as visões – roubam-te o desassossego
com o escárnio da madrugada e os tráficos
que a noite desfecha contra o sono,

mas ainda te ouço sonhador ao griso
que descampa este largo (pois sem sonho
não há glória), embora o enxame turístico
empalideça o manso rufar das náufragas estrelas,
as madrugadas de fêveros ecos
quando o universo cisma nas razões que cunham
a solidão e seu luminoso rasto debruando a alba.

Dos desastres da pátria, nem te falo:
tu que navegaste soçobrados sonhos
de império, hoje és segura escada para cátedra;
não te cotaram ainda em bolsa, mas é coisa
para ser pensada, agora que no fundo da arca
nenhum enigma se dissimula, nem o arroto
que prateia algum verso descartável.

Sei que rumoreja mal o altivo rogo por entre
o tinir dos copos nas mesas da esplanada
onde se empoleira a viçosa vacuidade do mundo
e não há porfia que acenda o coração amortalhado,
drenando ainda, como intérmina rebentação,
fulgores de vinho sorvidos com a mansidão de um
touro, mas manda sempre a este que não é teu devoto,
porém, como tu, peregrina sob o essencial desamparo,
à acrílica mansidão com que a treva nos acolhe.

QUARTETO DO TEJO

1. FERMOSO TEJO MEU

Rio azul que passas pela retina,
e, passando, me amacias essa rudeza
de catinga, o que te faz mais soturno:

o molesto furor das usinas
ou o ido rumor das verbenas,
moendas de redivivas mágoas
narradas em ária de cordel?

Nas altas serras, onde se dão
nuvens em lavoura quase etérea,
jugulam-te pulsos calcários; mas
vastos espaços são a tua estrada
de albarracin ao mar sem fim.

Em certos dias te soubera
um condoído rosto de cidade,
pobre souvenir revestido a celofane
por vitrines farpadas onde jamais
se escuta a áspera dicção da maré.

Então, negrejando, és apenas tinta,
manchas de óleo com que te repintam
desde cariados bairros onde, por ruelas
felinas, o crepúsculo embota
o claro brilho dos sinais.

E, no entanto, moves-te rumo à costa
que se extingue e não crês a estreiteza
do horizonte a amarrotada verdade
nascendo da terrestre ignorância dos limites,
pois tua sina andança medida
de albarracin ao mar sem fim.

2. O RIO QUANDO ANTILIRA

O rio explode. Quando as mãos
dos anjos vêm varrer a névoa.
Ungido primeiro da tristeza,
escurece-lhe a voz
nas locas onde canta o pez.

Escuto-lhe os decibéis da ira
quando por uma tarde navegável
solta seu manancial de gritos:
já não é essa mansidão que ronronam
os líricos, mas um aguilhão
saltando às têmporas.

Mar e margem amparam o fragor
que leva o desalinho às vísceras.
Na máquina do poema
é lenta a combustão que devolve
o tejo ao afago que tantas metáforas
sussurrou aos zelosos funcionários da musa.

Não há, porém, métrica que cinja
a voz de um rio quando suspira nas entranhas
avivando um passado que é cisco na memória.

3. LAMENTO PELO RIO TEJO

Taparam o tejo com tapume:
ao arrepio de olhares vai o rio.
Fora a poesia mais forte gume,
que não este emaranhado fio,

fazia-me macho de brio,
enchia o coração de lume,
atirava o meu mais rijo pio
que esgaçava até o negrume.

Sirenes cortam agora o rio,
mas os barcos só adivinho.
Tragam-me um copo de vinho
pra acender outro pavio.

Quero os ácidos do cesário
e a fisga do o'neill;
o pessoa que era vário,
não sei se cem ou mil.

Dêem-me asas de gaivota,
um mapa azul doutrora;
acharei então a rota
antes do surdir da aurora.

Taparam o tejo com tapume
– cortaram a raiz da alegria.
Deitam nas margens estrume
– matam sua canção bravia.

Fora a poesia mais forte gume,
e não esta luta com o negrume,
o abstruso cerco removeria
bem antes do nascer do dia.

4. ANTI-ELEGIA DA BEIRA-TEJO

Vejo-os balouçando nas patas trôpegas,
palmípedes vorazes sob a garoa febril.
Ardeu-se-lhes a juventude nas plumas desgrenhadas
e já nem este mijo outonal os faz recear a pestilência
fosforescendo como um desígnio cautelar.

A tantos foram alimento por tardes soneteiras,
mas agora que o céu oculta vozes e cores
e deus essa babugem cantante,
quem acende nas margens hesitantes
o tumulto irmão da ira?

Ó aves, que um falcoeiro outono
difrata em sarro, nuvens, fogueiras,
agora sois apenas ténues fotogramas
iluminando a insónia – o tempo,

esse relojoeiro cego, quebrou vosso encanto;
baixou sobre vós a heráldica da dissolução;
embora a reverência compassiva cascateie
louvores em jacentes metros doutrora.

Vós, aéreos náufragos, concedei-me o passo
vacilante com que à tarde o frio trazeis
em vossos desdoirados bicos – ficará,
decerto, o azul doutra lembrança,
coloridos prospetos apreçando o sol
olhando lisboa cinza agora sobre o rio.

ÚLTIMO CABO

1.

Da cor do frio, este elétrico. Dependurados
fios traçam-lhe o destino – na manhã algoz
será sempre pobre sombra de um deus veloz.
Como onda que rebenta por subúrbios calcinados,

póstumo eco do que fora um tão vivo amarelo,
"*o bafo da sua ausência*" acende reminiscências
nas calhas onde só o vento ocultas vidências
exercita. A cortesia do mundo, seu atril desvelo,

não afaga porém a salitrada giba do naufragado
– com mais donaire acomoda-se o chumbo
ao coração da galinhola. Ah, não poder ser

a infância tresmalhada pelos carris, nem legado
oculto plo nevoeiro – novembro no mundo
desfecha ainda gelados aguaceiros pelo tardecer.

2.

Ignorar os desígnios da manhã, eu disse
– que coração a essa hora não vacila
ainda em contramão? Quem predisse
a faca no ombro, o ruivo empurrão na fila,

o prodígio tramando com o susto? O soco
ainda frio do anjo-rapaz é maquinaria
de que desconhecemos o segredo, seu eco
constelando augúrios na penumbra alvadia.

Amotinada idade em que os domingos
abriam fendas ali onde sabe o sangue
que não há navalha que conjure o desastre:

amadurece como uma visão de flamingos
à ilharga do estuário, incomovível guindaste
que exuma sustos num polido bang bang.

3.

Pelo céu do burgo dobra o sol em desabrida
falcoaria. Assim diria eu de ti, cidade, não
fora já entorpecido zunzum na contramão
a sonora trama urdida, logo plo pó vencida.

Que eu soubesse – a longa descida cavada
na neblina, o fumo vomitado das chaminés,
gris muros polinizados pelo flato das marés,
descorado celulóide que ainda pela calada

um cego cumula de coloridas fantasias. Custa
mais este débil vaticínio do que prever,
à boca da barra, um assomo corsário –

quem não confundiu já calema com flibusta,
cismando por certas tardes de casario a arder?
Na rudeza irmã, mais donaire tinha o cesário.

4.

Canto as tuas sete colinas, a neblina
e o clarão; os agudos ângulos, a verrina
e o torpor. A manhã cristalina, a nafta
e o carvão canto, que de ti não se farta

minha canção. Na largada, a mais alta
canto, hipogeu de cesário; e se noite de
galos, minha voz esse pousar adrede –
ao ouvido de tal moça todo aulido é falta.

Eu canto o rio sem fim que vem desde
albarracin e em ondas mede teus gritos
de fuligem repassados. Senhora dos aflitos,
agora que a pobre niña um canto pede,

quem canta a chama e o clarão num ramo
ateados? Eu, só com pobres palavras amo.

5.

Disco ferido na garganta, apodou-te
o armando silva carvalho. Eu escuto-te
as desdoiradas vozes de lamento
das varandas sobre o rio donde o vento

atira aos silos da outra banda. Então,
é louca sarabanda o pó que embacia
a vista às torres novas. Mas, se do avião
o risco que sobre o rio a voz rocia,

assino tão atmosférica poesia impura.
A reboque de frases póstumas, num semáforo,
à rapariga de cu redondo fescenino soneto

prometi. Mas da nobre forma apenas a moldura
me ficou: eis porque de literária vergonha me coro
vendo-te passar, tão pura, desde as vidraças do galeto.

6.
(FADO DA PERDIÇÃO)

Dou-te esta cama de trevas
meia-noite meio-dia o sorriso
que perdura dia fora como um friso
talvez pudesse fresco odor de estevas

mas mataram as hortas (alegria
dos domingos) a ovelha e o moinho
já só este descorado céu de linho
guarda-me dos abismos do dia

se teu redondo nome eco fechado
na varanda do crepúsculo semeemos
então de velas pandas os marchetados

campos da beira-mar bico calado
ao cerco ardente retornemos
que o amor tem tentáculos inesperados

7.
(JARDIM DO PRÍNCIPE REAL)

Aqui neste jardim já nem marçanos
nem meninos, but lampeja uma roliça
preta barafustando com os ciganos.
E eu que não sou santo ajudo à missa

na mesma rotunda cadência que sidera
a ave perjura, essa que noticia a primavera
pleno inverno ainda com a sua ira letal.
Jardim do príncipe real com tua luz fratal,

pode o céu chapinhar num voo de helio-
trópios, que o sétimo dia é sempre um
engasgue na loquaz fatura dos prodígios;

inda das fachadas roucas as alturas do epitélio
nos prometam sibilas desdentadas. Sol e rum
sonho em longes ilhas onde sopram os alísios.

8.

Árvores minhas melancólicas inumeráveis
que vos rilha o áspero vento do inverno,
se sob os tristes céus há algum governo,
mesmo desses que só das zero às seis

por incivil decreto ajuntamentos permitem,
um sono majestoso haveria de vos ser
concedido desde um outono de éter
à luz que desdoira a paisagem. Céu de fuligem

é porém retrato de cidade, mesmo se a garoa
recalcifica os cúmulos com um fogo novo.
A infindável ressaca que carcome a raiz

do sossego, atravessa, num raio, lisboa,
sobre vós, ó vigis árvores, é furtivo voo
que claudica à churda ilharga de um país.

9.

Nem sempre é triste a solidão, como um
domingo de cidade – a penumbra alvaiade
ecoa incertas datas, estúrdia, viagens, amizade,
indeciso horizonte guarda do tempo o zunzum,

quem era sou ainda no interior febril ritmo
em que a morte lavra seu desatino. Demais,
o cinzento de alguns versos, escassos sinais
que a lírica piedade acende aquém do istmo.

Que abatido desígnio procura ainda boleia
na carroçaria do júbilo? Que ressurreta nora
aviva agora o extinto som das preces depois

do fim de todos os dilúvios? Desta ameia
vejo apenas esse comboio que perdeu a hora
e no cais iluminado a ilusão de um aceno a dois.

10.
(AQUEDUTO DAS ÁGUAS LIVRES)

Aqui já não fluem sonhadoras as águas
lembrando os trabalhos de um rei – ano
a ano, uma mais alta lei, que mor dano
no corpo faz, sela tudo num véu de mágoas,

desossado o instante em que a rude pedra
foi um punho contra o chão da minha vida.
Já nem conto o medo, a queda, a recaída,
ali onde já só o tresmalhado vento medra:

é uma sorte ouvir, desde o negrume do rio,
o fulgor da cantaria, o ajuste milimétrico
que ignora a mudez suscitada pelo assombro.

Lírico sem musa (de mim próprio me rio
quando soçobro entre as queixas e o métrico
desacerto), lembro que me foste seguro ombro.

11.
(ELEVADOR DE SANTA JUSTA)

Já não sobem varinas de ginga e canastra
neste elevador. Mas vai a gente em altiva
arribação, manso ronrom de roldana já gasta,
a astúcia das mãos mantém a atenção viva,

que sempre foi o desvelo pelo alheio sageza
que prescinde de anúncio. Confiável estafeta
da solidão, prossigo no encalço duma esbelteza
nórdica, inda um aviso em forma de tabuleta

rezasse: "cuidado, a beleza mata." Mas eu
durmo nos telhados da dor, com uma
cidade em gangrena, pois já está salvo

o que com a própria língua sustém o céu.
Não doi muito a ausência de relva ou caruma
quando a urbe inteira se estende assim em alvo.

12.

Que roucos sinos nos guiam por este dia
ainda cego? Que sons, que fúrias, redizem
as juras que entre si se contradizem?
Que indestra mão gizou essa núbil alegria,

irmã do frio? Retrato de lisboa que alvorece
num rufar de verrina e cobre, quem encostado
ao flanco amolecido do coração ainda lhe aquece
os artelhos? Branca urbe, foi cinéfilo nome dado:

do findo azul rebrilha ainda essa limpidez antiga,
que em tela de arpad é clara lucidez de linha;
avessa das ziguezagueantes cicatrizes que uma

infância descampada legou-te à alma. Amiga
que a meu lado já és essa sombra que caminha,
todo o doce recordar é bravo lanho que ressuma.

13.

Rememora o desastre. A negridão do rio
que um dia fora hialino espelho. Retém
a feroz química que todos os nossos ontem
desdoura como o vernal dealbar do frio

– lisboa é memória que doi no asfalto
da manhã, o dolente embalar do desterro
nas roucas noites do ritz club; se janeiro,
o bagaço pelas esquinas de um bairro alto

nas madrugadas em que o vento é bruto
e o tejo alcandora às fragas num prenúncio
vivo de invernia. Vê-la assim nessa colorida

pose, quando o dia é tão da cor do luto,
e do sol nem rútilo eco ou trémulo anúncio,
não é da arte invenção: é a própria rude vida.

14.

Pelo coração da cidade me perguntam camones
em dias de viração. (Tão anti-elítica função,
só em prosa, narração). Desfio das ruas os nomes,
esquinas onde todo o tráfego se faz em contramão.

Já alto vou – voo? – por alfama e castelo;
no risco improvável de me cruzar com um
jato, o ofício de todos os aéreos deuses apelo,
sonhando já na vertical a sangria e o rum.

Eólicos companheiros ao alarme da manhã, na
rota do grão já voam; a mim, o rouco batimento
recorda-me que da urbe o incerto coração procuro.

Alarme de fumo em meu verso impuro, na narina
do camone é razão bastante para despedimento.
Feliz, volto então ao meu destino de poeta duro.

15.

Ei-los – os velhos insurgentes. Secando
ao frio da tarde. Arranhando com as mãos
o ar. Em contínuos surtos resmungando.
Já lhes são precipícios pequenos desvãos.

Ira, orgulho, heroísmo – tudo desmorona
agora num clangor de cataclismo. Ninguém,
porém, por eles um leve canto pede. Nem
o espanto grave de quando o azul ronrona.

Agora serão mais que leve carga para as filhas:
cisnes depenados a quem o segredo das rotas
a manhã desvela pelo súbito clamor das quilhas,

conto-os neste negro chão de derrotas,
pelo abrir do dia em que irrestrita brilhas,
cidade que de ti sei apenas o que não contas.

16.

Amam ir por essa luz que é estremecimento
sem ardor. Ao ímpeto potril da brisa entregam
o grave peso da vida – não é leve intento,
que denso o volume do passado que carregam.

E é glória o afinco com que amanhecem
do ermo lado de si mesmos; embora o deus
que louvam de cócoras aspire ao saldo de cem
tufões embutidos à epiderme – pobre zeus

que agora a chuva açoita no lago, enquanto
leda folheia o catálogo dos saldos de inverno.
Anos confiado no afeto, agora sabe que ao inferno
desce-se por um magro decibel de espuma, se tanto.

Mas que sabes do susto a escaldar num mate triste,
tu que nem o mais polido sismo jamais sentiste?

17.

Quando estiveres em dodje, marla,
e te faltar a lívida lua de lisboa, olha
para esse ponto sob a chuva que molha,
pois dizem que do sul é o cruzeiro, marla.

Eu sei que todo esse luzeiro não se
compara à alta lua de alfama –
se setembro, sua tão rouca chama
é como canção que em dó renasce.

Em frisco, consolam-te elétricos, milibares
que na tarde anunciam a deserção do griso.
Vago ilhéu sou eu nos desvãos da madrugada,

mas tu, marla, és fogo pelos magoados bares
de alfama. Inda a noite pálido friso,
em teus lábios lisboa é princesa resgatada.

18.

Nas salitradas esquinas da alma
não há canteiros para o soneto:
um grito mais tenso rompe a calma,
levando aos nervos seu aguilhão ereto.

Nem um coração, já dobrada a hora,
viria em socorro de tanta aflição.
Nos pátios voz alguma chora,
que sempre foi a vida muda canção.

Houve um tempo de luzes e meninas,
e mãos amestradas subindo à braguilha
puxando pelas cordas a voz do gozo.

Agora que nem as vielas da alma iluminas,
tu, que dizem do grego Ulisses filha,
desce sobre ti a noite, mas não o repouso.

19.

"Guarda a minha fala para sempre" –
pelo poço dos negros quando rangem
os elétricos e teu nome fosca ramagem
carecida de verdor. Guarda em teu ventre

esse azul silente; se setembro, esse macio
vinho que eu e o álvaro degustamos
à leve bruma que o céu nos furta. Fujamos,
ó tristes pombas, que há jeiras onde o frio

nos move cerco até ao cóccix. Guarda,
como noiva prometida, os alvos cendais
do adeus, embora não seja hirsuto arrais
à largada, mas náufrago que ao frio se atarda.

Guarda a minha fala como um eco de balada,
que do olvido diviso já os múrmuros sinais.

20.

Lisboa é sol e fumo entrado outubro
mulher aguda sob o azul profundo
há tanto tempo ao som do mundo
certo dia certo ano já não me lembro

eras esse largo onde minimamente a solidão
som ameno de tombadas rútilas folhas/fagulhas
mar de nuvens onde mortais olhos mergulhas
agora que para sempre se foi a luz do verão

e a íntima penumbra mais júbilo que tristeza
virente pátio onde os anos chegam sem aviso
aqui disse adeus à juventude num límpido mês

em que o fumo invade os corações certeza
porém apenas dos rápidos passos ao griso
de novembro – lisboa talvez e era uma vez.

DERIVAS

1.

De ombro à ventania
gingavas na tarde estuarina,
pobre cego a que nenhum sobressalto
levará a dizer eureka.

Ao fingimento geral da felicidade,
aceitas o pânico de estar sozinho,
transístor colado ao ouvido,
donde uma parisiense já muito ustida
te nomeara esbelto cobridor
com escritório tão junto ao rio.

A voz débil de terror
canta na tarde fugitiva,
gasta a solicitude
com que em tempos a musa acudia.

Já nos visita o incessante inverno
pelo ar inchado de palmeiras,
e leves risos de viris negros,
recados porventura dalém-mar
soprados sobre um rossio
onde floresce a livre arte do impropério.

A felicidade foi não sabermos demasiado
a célere ciência do desengano,
os líricos axiomas mascavados num acaso
de conjuras, legenda de trazer ao bolso
para o descolorido retrato que de nós
o futuro traçará ou não.

2.

Amanhecíamos com os goivos;
desprendendo-se dos adivinhados
resíduos da noite. O sal dos banhos
trepava pelos ossos, pelos músculos
acendidos ao calor dos halteres.

Queimava-nos o primeiro vento das dunas,
gazua de iodo conjurando sustos;
por litorais cumpridos no irrepetível
ardor dos vinte anos;

embora os olhos do lado donde
a sombra desagua o meio-dia;
os lábios percorrendo,
como premeditado disparo,
o côncavo onde a espuma se detém.

A manhã abria-se para o sofrimento
de nós os dois. Festivo e rufião,
o primeiro elétrico. Como quem vem
receber a despedida dos astros,
a primeira onda cruzando os baldios.

3.

O rosto desta cidade olha o mar;
seu alto castelo adentrando as nuvens.
Tu contavas as horas de regresso num
esconso bar da avenida. A cigana do parque
cravou-te duas moedas ao sol desse crepúsculo.

Voltam os dias cor de cíclame.
Por detrás dos tapumes rebentam bacelinhos,
mas o país das caravelas já não lê nos astros:
perdeu o riso e a fortuna. No entanto,
como nesse quadro de avercamp, avulta
a alegria no rosto das crianças; quando
em terra se confundem ombros, sebes, muros.

Às vezes, anoitece com a pungência dos dias
inolvidáveis. Um rumor onomástico sobe da
conservatória onde os noivos se aprumam
sob os estandartes da república. Ao parque de
campismo, um cego recitava: o amor não consente
desinências. E, por certo, nem este céu derramado
por sobre as cabeças dos nubentes recebendo os
magros grãos atirados ao futuro tempo dos soluços.

4.

Às vezes, uma cidade no inverno é apenas
isso: musgo, fumo, alguma umidade.
Um elétrico que passa arrastando a tarde
pelos rodados. A linfa do nevoeiro mensurando
a respiração das áleas. O passado em que os
nossos dois corpos foram contendores.

Outras vezes, é apenas a recordação de um
quarto alugado numa pensão barata onde
respiramos o carbúnculo dos últimos desencontros.
E, se uma brusca rabanada agita o fundo esponjoso
da memória, ajeitam-se golas, cachecóis; pede-se um
brandy ou um conhaque e, por longo tempo, fica-se
a ouvir o pregão da chuva pelas avenidas desertadas.

Quem duma cidade assim fez seu tão defendido
castelo, escutou tão rente às margens a insonora
cavatina dos lugres, sabia que o griso era uma
lembrança da tundra; inda sob a chama das pálidas
bandeiras, coroando o adivinhado cimo desse castelo.

5.

Parados frente ao mês de junho.
A água das fontes à flor dos cabelos.
Um golfo de nuvens dobrando a encosta.
Voava a tarde nos cumbres distantes.
Pouco céu ampara agora os teus olhos.

Lágrimas e sim. À foz do fortim,
falcoeiros acenos corriam o dia.
Cruzavam espadas os ares baldios.
E dardos febris ao voo dos clarins.

No alto castelo, de névoas tingido,
dobram canções. Loas de infanções,
pendor de doçura. Aquietando
o arrabalde curvado de aulidos.

A inércia dos punhos no crepúsculo
salobre. Retornando à noite, o firme
hausto das verbenas. E estrelas
caminheiras encimando o fortim.

Eram frente ao mês de junho
as foscas escunas, os mastros potris,
maré de velas e hipocampos tornando
ao inquieto redil das angras.

6.

Sentámo-nos no paredão com musgo
verde. Caralho, gritou o arrais
ao céu do outono. Terreiro do paço
em frente ao rio. Gaivotas planando
por cercas e monturos.

Nada urgia sob a palidez do céu.
Podia agarrar-te nas mãos e desfiar-te
o rosário das lembranças.
O homem das castanhas sorri-te
na distância alfombrada de caruma.
A noite ergueu-se por volutas
dos findos telhados da cidade.

Nos ares, tresmalhado, um pássaro
reverdece. O rio salmodiando
na mansidão da clausura. Olmos,
ombros onde cresce a lentidão.
Recolhem-se agora os últimos
toldos, gorjetas mal dispostas
sobre as mesas baixas.

Vão contigo, em dissonante voo,
palavras que não detêm o frio,
a anunciada ruína do inverno.

7.

À flor da manhã, um elétrico
e um marujo. Tocava a campainha,
corrias a abrir, vagabundo no átrio
com o aroma das zínias, por medo,
não perguntavas o meu nome.

O rumor das verbenas fere-nos
por memórias já estilhaçadas.
Um céu de tormenta trazia-nos
a fuligem das horas despovoadas
de ternura; em que o naufrágio
se anunciava pelo tremor das tuas mãos
tão presas por entre as minhas.

Tu eras de almada, eu sou de alfama,
um rio de adivinhas singra-nos o peito;
parece que para, às vezes que foge.
Do alto castelo que velas, que torres,
prendem a manhã ao motim salobre
destas ruelas?

Ouves o comboio caminho do sul
e não sabes de que verde são ainda
os meus olhos? Ouves o touro
no redil do dia e não encontras a chave
que abre a cancela da solidão?

O que perdura – gralhas soluçando
à luz do primeiro outono,
fiéis como a erva germinada
pelas veredas do inverno;
o voo dos eléctricos por fúnebres colinas,
que de longe os ouvia, ou, de mais longe
ainda, os sonhava como um lugre
naufragando na maré baixa do adeus.

8.

Por entre as ameias, as aves;
formas minuciosas a compor,
na incerteza do voo, a manhã;
sua mutável arquitetura –
constelação de asas e gritos
que só na memória se demoram.

O caudal das lembranças
acirra funéreas juras;
mas não é a ti que agora busco –
a insónia já não prende os meus olhos
ao primeiro rumor dos cacilheiros.

Findam pelos telhados
um vento sem pastor,
nostalgias recobertas de salsugem.

9.

Fechaste a porta contra a luz.
Por soluços, sei que vais partir.
De súbito, o pátio. E poços,
ardil, motim.

Diz-me em que deserto abandonaste
o coração; se a luz do caído estio
canta ainda nos beirais,
ou se o país das caravelas
se afundou no sonho doutras índias.

Um sino vela a manhã.
a mão que escreve inflama-se
com o rumor da chuva nos telhados.
O outono deixou aí uma herança
de musgo – verde que sobrou da treva
de um recordado tempo de abandono.

Agora tenho todo o deserto
desta mesa, sol, vinho, alguns tremoços,
e teu olhar que me indulta deste pobre
ofício de palavras a que me entrego
à altura de um país antigo que já não
soletra o destino nas estrelas nem lume traz
nas encovadas faces com que mira o porvir.

10.

Correm gaivotas o sereno céu
de outubro. Rasgam os ares,
como na tela a espada do pajem.

O esmeril da clava tingiu-lhe
os ombros; donde rebentam
vagas mastros tarambolas.

Vês o rosto tombado na areia?
A lança cravada entre as costelas?

Eu perdi o coração
no abismo dos dias felizes.

11.

Sigo os primeiros elétricos trepando à sé.
Na manhã aérea, são a forma de um subterrâneo
desejo – amada minha, que foste pelo calor
de uma noite, roubou-te a luz da manhã,
o murmúrio dos cacilheiros cruzando o estuário.

Para que permaneças na lembrança,
blanca niña ao calor de outrora,
basta o difuso retrato em dias de morrinha,
árvores arfando por tardes sísmicas,
transumantes olhos que ensinaram o abismo
ao miradouro onde já não vela o senhor do adro.

Com estes parcos vestígios, moldo o exato simulacro
do teu rosto, menos como ersatz do que jamais torna,
mas porque, por entre as várias desmesuras que a noite
tece, recordo essas tuas palavras à rua de santana
sob o frio: tudo o que te ferir há-de ser a tua herança.

12.
(Sobre uma fotografia de Bernard Plossu)

Seguem, dolentes e negros, à sombra
das viageiras nuvens. Tristes e três,
sob o ferrete de um irresoluto combate.
O pacificado céu guarda-lhes os rostos.
Negros, como negros são os cisnes
que a insónia pastoreia.

A laminagem dos risos dá o primeiro alarme.
Acerados raios sob a fosquidão do céu,
os punhais da injúria soam perto –
múrmuros sinais que os trazem em cerco
para lá dos bairros onde vela
o anjo sem nome. As esteiras do desastre

no entanto hão de trilhar, os flancos
expostos à rouca deriva dos presságios,
às fogueiras que um marquês mandou atear
para que geração alguma ignorasse
em que funestas tramas se enreda a inocência.

Sob o pacificado céu,
súbditos são das centenárias torres,
do balbuciante sépia – rude arte
que tem a natureza de anunciar
a estreme felicidade do crepúsculo.

13.

Apesar da névoa que cobre o domingo,
um calor morno sobe da pastelaria
onde um anjo burila o destino –
com efeito, por sobre a sua aurática
cabeça, descem, como um pressentimento,
os enredados fios por onde o abatimento
se há de cumprir,

porquanto o que nos mostram as linhas
que sulcam a palma das mãos
não é senão o sôfrego estertor
de um paraíso a que jamais se regressa:

na rasura azul do céu, que é o reduto
donde a catástrofe nos espreita,
poderá um fulgor de asas incineradas
restituir-nos o puro assombro
dos dias longos de dilúvio?

No bulício deste café,
onde às vezes vinha o álvaro dessedentar-se,
o trunfo é arremessar os mortos segredos
à provisória solicitude do inverno.

14.

Desço a tarde com os rebanhos
de caeiro. Pobre pastor, por sendeiros
tenho estes róseos telhados onde,
em medida antiga, o vento me instrui
nos arcádicos motivos.

O rapaz do quinto esquerdo, porém, canta
vitória afundado em pez. Voltará
pelos sussurrantes verões ao fosforescente
palco onde um friso de negras cabeleiras
desenha as iniciais do amor?

Tempo e cicatrizes. Vigias em escuta
nos torreões que o domingo cerra.
Ardentes territórios onde a tristeza
soletra o nosso nome. Virgem vulpina,
rogai por nós, agora que nas arcadas
setembro é um gládio enristado.

Pelos valados deste dia,
langues mugidos como um memento
salobre. No silêncio hiperbóreo,
dissenções civilizadas, solidão nevante.
Triste pastor, dá-me canções
para este mais triste domingo.

15.

Ao que vem a morte
a este paleio quando o dia finda? –

solilóquios ofegantes, a minha mania
de falar dos versos, pois, não há redenção,
amigo, o resto é comércio astrológico,
escora para a alma
agora que se aproxima o inverno escarpado.

Eu não sei de que furnas nascem os versos
– porta para o escuro,
fraca lâmpada em saguão soturno,
um cimento que nada prende,
emudecido oráculo
que o colorido futuro não anuncia,

pois, com apenas uma mão
não se abotoa o destino,
nem a cicatriz de erro é lição bastante.
Mas, pelos moços anos, eu mantinha-me
com algum vinho raras sandes e o meu paraíso,
das seis às oito, era uns tímidos olhos verdes
por detrás do carcomido balcão da leitaria.

Agora não nos resta nem o fingido desalento
dos nossos desatinados vinte anos;
à morte, porém, compramos em hipoteca
de fumo e álcool o surdo alarme a percorrer
as veias, ruivos dias em que sou de novo
o verde aprendiz da estúrdia.

16.

Quando é o rosto que recua,
como pode o delírio (tremens) curar-se
com a ginjinha, baixa ciência
que o hábito ergueu em lei?

Ninguém para contar do longo inverno
corrido sobre a alma, afeiçoado o corpo
ao umbral dos instantes em que um sol
baldio escurece a pele.

De vez em quando o fungar de um bairro
acordava-me para a forca da existência,
mas, perdoai-me, altas musas, eu soçobrei
a destinos mais prosaicos – algum álcool,
rasteiros versos onde tinha por (mau) costume
misturar deus vómito ressaca.

Agora cresceu-me esta pedra sobre o rim,
bebo muita água e pouco gin (é fácil ser-se virtuoso
quando a morte vela a dois haustos de distância);
demasiado tarde, dizem as cartas, nem futuro
ou redenção, tolo rapaz que acreditaste na arte
e agora vês o paraíso escurecer
sobre os teus pobres trinta anos.

17.

Hábil escorchada mão desenhando
sobre a mesa de mármore esse rosto
consagrado à eternidade. Caía tão sobre
nós a coroa de cristo e o semblante
da virgem. Pão com chouriço, pediste,
e o eco moveu a solidão dos que estavam
assentados em redor das pipas.

Os grandes pavões reais já rodopiam
nos jardins defronte; aptos a defender
quanto da terra é sua morada.
Tu levas contigo o que sobrou da desolação,
apostado em construir um futuro de solidão;
inda sobre as areias da noite,
ou sobre os mutáveis rios que vão.

Sobre a terra da manhã cresces
para a morte, porque nesse adro antigo
despediste-te da inocência; mas eu fiquei
na leitaria real sob o sereno semblante
da virgem, escutando a conjura dos astros
que vão a repousar no ventre dessas águas
mortas que o vento agitou numa antiga
primavera de noras.

E se ainda recordo os seus voos, ásperos,
salinos, é porque cada dobre iracunda
adivinhação; embora o pobre cristo
destas margens não saiba que durmo,
que nos brancos umbrais a luz é já motim.

18.

Com setembro a lacerar-te as veias,
pode o céu verter mais do que
as abcissas do desastre?

E, no entanto, sorrias à funerária
boa viagem – que vida não é despedida? –
onde se negociavam talhões
e embutidos de oiro e crómio.

Absolvido do penhor sem retorno,
do desfalque que cumula dividendos,
antecipas a nascença com o patrocínio
dos deuses iracundos, esses que disputam
ao arrotador de intempéries o quebranto
dos meus vinte anos.

Pudesse ainda dizer que o susto
é um palmípede varejando o estuário
ou naftoso rio trovejando endechas
(a ilusória serenidade não lhe aplaina o bafo)

mas a acerba fuligem já reclama
o crédito de um póstumo luzimento,
precário bálsamo que não elide os hematomas
que um verso lega à face abismada do escriba.

Setembro, porém, essa ternura voraz,
vago voo que descampa os domicílios
da névoa onde por vezes se eriça
a acédia que tolhe os ofícios da mão.

Mas que sei eu da ráfaga que trepana
os ínvios filamentos que fazem mais friáveis
os roucos vaticínios da galinhola?

19.

Dispostos à morte, essa faca que o dia
escurece, embora de canções falássemos
nessa tarde de mormaço a que ainda hoje
associo o vinil das primeiras lágrimas.

Homem minado de dúvidas (assim perdi deus
amigos sinecuras) como doeu essa crua
evidência de que a poesia tinha morrido.
(Disse-me o alberto pimenta que fora nero
o assassino).

Agora rasuro os mínimos sinais que atestem
que na verdade andei por tardes ofegantes
a encher cadernos com essa obscura mistura
de acaso e cálculo.

E se a vida também não for nada disto
– a creche, os filhos, os juros algozes,
a forca do amor, domingos de manhã
em que bate a ressaca, a sabedoria
que só chega depois do erro?

Eu podia ter perguntado às ciganas do parque;
saber recusar, porém, todo o consolo,
eis o que poderia salvar destes vicariantes dias
em que seitas flibusteiras nos intimam
à felicidade. Mas há demasiadas canções
que nos fazem desastrados aprendizes da ternura.

20.

Apesar da ignorância da rota desses navios
que descem o tejo, da mulher que nos subúrbios
os vê passar tão rente à sua mágoa,
da moça tímida espiando o mundo
da janela que em breve o escuro virá selar,

ficam bem os sinos esvoaçando sobre a tarde
de inverno em que buscas a justa palavra
e não vê deus a tua aflição: o que cala,
o que finge, o que mente – agreste destino
que te cabe, tingido pelo clarão da dúvida.

Mas ficam bem, ficam bem as meretrizes
de rápido volteio, as matronas alvoroçando-se
para o chá, o aplicado médio funcionário
calculando o produto interno bruto, o amoroso
pagando diária corveia de soluços, os altos
dignatários recebendo honras e tributos.

Sobretudo fica bem a mulher gorda espremendo-se
num ginásio desfeita em suor e penitência.
Mas também ficam bem o contrafator vigiado
pela lei, o usurário de sebo nos fundilhos,
o proxeneta de olhar felino e os desabrigados
desta rua – embora sobre eles caia o duro
gume do inverno, deles é o reino dos céus.

Ficam bem os poetas pobres que padecem
todo dia a fome da beleza, os críticos impotentes
ficam muito bem, também os pretos desta praça
que são alegres e passam bem, o cívico
que ganha o dia de olho no parquímetro
fica bem apesar dos amáveis impropérios.

Ficam ainda bem os canídeos que defecam
nos passeios e as madames que os trazem
pelas trelas sempre prontas a pregar civilidades
a esses que falam alto e têm modos estrangeiros.
Mas que fiquem bem as raparigas de cabeças ocas
que têm como único tesouro a juventude
para que não seja a lamentação
o tributo dos vindouros dias.

Só eu não fico bem, senhor meu,
que aguardo toda a tarde pelo poema
que não vem, embora navios subam
o tejo aulindo através do nevoeiro.
Mas tudo está bem quando é o deus
quem assim o quer.

DESARMONIA
SONETOS ESCONSOS

POESIA

OFICINA IRRITADA

Eu quero compor um soneto duro
como poeta algum ousara escrever.
Eu quero pintar um soneto escuro,
seco, abafado, difícil de ler.

Quero que meu soneto, no futuro,
não desperte em ninguém nenhum prazer.
E que, no seu maligno ar imaturo,
ao mesmo tempo saiba ser, não ser.

Esse meu verbo antipático e impuro
há de pungir, há de fazer sofrer,
tendão de vénus sobre o pedicuro.

Ninguém o lembrará: tiro no muro,
cão mijando no caos, enquanto Arcturo,
claro enigma, se deixa surpreender.

CARLOS DRUMMOND DE ANDRADE

PÓRTICO

Não fala esta poesia de coisa casta,
mas da vida que se gasta entre roças
que o mais percuciente sol desbasta,
igual coro dessas límpidas vozes moças

que pelo dia fora se escoiceiam, áspera
faca fabricada em dual matéria unitária:
um céu de míngua de que nada se espera,
senão sua serventia de luz calcária,

vertida não em delicada ária, mas
nesse timbre de maré tumultuária, rio
que desova por entre as brenhas

qual este verde mar da palha a que rumas
nos convalescentes dias de morrinha e frio,
pobre paraíso que agora a grés redesenhas.

PARTES DA BRUMA

1.

Reinvento-te agora à altura de um país
de musgo, disposto ao erro e à perfeição
– eu sei que nem sempre a vida razão
dos flagelos principais: mais fundos ais

nascem por vezes dos abismos da escrita
(supunhas o polvorento dorso do harmatão
o galho onde o divino empoleira as bênçãos?),
embora nem toda a noite o verso grita –

o duro ofício de escrever requer mais do que
a tinta em que evoco um passado que é névoa
na memória. Porém, se eu gritar pelo real,

que vivo louvado deus me trará mais do que
o embolorado eco que na memória ecoa?
Não importa se só na canção és o verde país ideal.

2.

Coube-te em sorte esta gleba sonolenta.
Onde a luz recua – diáfana escuridão –
desossa as várzeas que prístino furacão?
Eu sei – todo o alto terror amamenta,

como o rio da tua infância. Na cadência
com que vareja esses céus tão longínquos,
faz de todo um século pobre pasto de iníquos.
Dizê-lo – antigo exercício de eloquência

que exaure a paz defunta dos povoados.
Mas uma língua é o redil onde se cresce
e se morre com os pulmões ungidos pelo trovão.

Na insidiosa solidão, a que coagula recados
e preságios, triste a pátria que assim fenece
(predisse que auriga?) sem murmúrio nem paixão.

3.

Várzea de danados; silente umbral
onde a luz esbraseia a falange.
Pequeno país soletrado com voz exangue,
em que eternidade apenas a da cal

polinizando os ossos. Sequer a ervagem
amodorrada cunhando seu plúmbeo legado.
Inescapável destino, o do afogado
– aguardar de giba ancorada à margem

a céspede deposição do tufão. Crê: todo
o perdão é tarde demais; a nenhum
morto dissolve o coágulo, a cicatriz

que desossa até a alma – pressente o lodo
o assobio do sismo antes que anjo algum
soletre as esboroadas abcissas de um país.

4.

Como um coro de domingo, o apurar lento
da tristeza. Na radiosa ignorância do declínio,
ruivas vozes de crianças num estrepitar ígneo,
qual se as arrimasse o lume do pensamento.

E é glória a solidão em que perenes trilam;
iluminadas pelo fulgor das antigas juras.
Mas agora que nas hiperbóreas alturas
para um longo sono branco se perfilam

o que o dia avivava e essoutro que aclarava
as fronteiras por onde o estio vinha vindo,
sonho-te, meu brando país do sul, pequena

nesga de azul, ou apenas votivo perfil de lava,
sobre cujo gume o trânsito do tempo infindo
é rútila transparência que a memória encena.

5.

Nublava o domingo. Murmúrios benignos
decifrávamos no borbulhar da lama. Embora,
por lá, o nevoeiro um augúrio temido – dessora,
num veredito silente, como a neve nos apeninos.

Eu canto a mão no arado, o vento sussurrando
nos taludes o sanctus e a sabatina, aguaceiros
pondo fim a refregas, o splash que pelos bueiros
saiu quando num serão de lágrimas, borbulhando,

uma nascente rebentara sob a casa. Tu assustaste-
-te, pobre bicho, mas nós com a água pelos joelhos
o esconso futuro salmodiamos tinindo as enxadas

como um esconjuro celeste. Eu, a quem mais amaste,
mas sobretudo traí (o teu deus, os severos conselhos),
acolho-me de novo à magnanimidade das tuas enseadas.

6.

Pelo vento que distendido vai
calado ou em rouca melodia
penugem moça é o meio-dia
lâmina que sobre os ombros cai

gráfica é a sombra que desenha
com a tinta mais severa
faca que osso algum erra
e esses versos são a pobre resenha

agora a brida é um potro cego
seus miúdos pés onda que despenteia
campinas donde nenhum mar enxergo

mas é espuma este verde que se alteia
corre por valado barranco rego
roga ou sirene somente meio-dia

7.

Treme o trema no cocuruto de noël.
Fora de neve o céu de dezembro,
e não essa torreira de me lembro,
tu, a quem chamo amigo novel,

chegarias de capa e botas altas desde
esse negrume a que chamam pátria? Pátria
são os lidos livros, ou o lume que se pede
quando o escuro leveda num rufar de estria.

Triste dezembro que a piedade reverdece
com o arbítrio do nevoeiro, nas moradas
engelhadas a felicidade é um touro indócil

verrumando a paz dos pátios. Pudesse,
ó piedoso, seria resignado guardião das
veredas onde cresce o teu nome fóssil.

8.

O que parte à procura de um começo,
mas faz jus a um passado de penúria,
e em cada verso increpa os deuses com fúria,
desse a cada anunciada alvorada me despeço,

pois são seus os meus demónios; ferem-nos
as mesmas paisagens antigas e tristes no final
de cada dia. Os anos – oh dura lei fatal –
embora passem sobre nós rutilantes e plenos,

sua linfa, porém, embolora os mais recônditos
âmbitos. A vida não voltará, jamais, a ser essa
vígil idade, seu brilho imorredouro. Perdoa,

leitor amigo, mas os mais salinos frémitos
do outono não é tumulto que súbito cessa
quando cobre o rosto um tempo de garoa.

9.

Nos lugares de treva acendes a promessa
– o temor dos relâmpagos ficara muito lá
para trás, nos vales onde o medo vela.
Onde habitas agora, obscura citadina travessa,

nem os cílios da lembrança revolvendo
o esquecimento – nestes dias de desolação,
em que o lamento a mais fiel canção,
és apenas errante emudecida ave ardendo

ante as cambraias do desassossego. Talvez
um deus mortal te devolva os crepúsculos
e as alvoradas, a fulva doirada maciez

dos campos onde os mais perfeitos sulcos
viste, mas anoitece na cidade e era uma vez
o pétreo país que já nem alcanças aos pulos.

PERTO DO CORAÇÃO

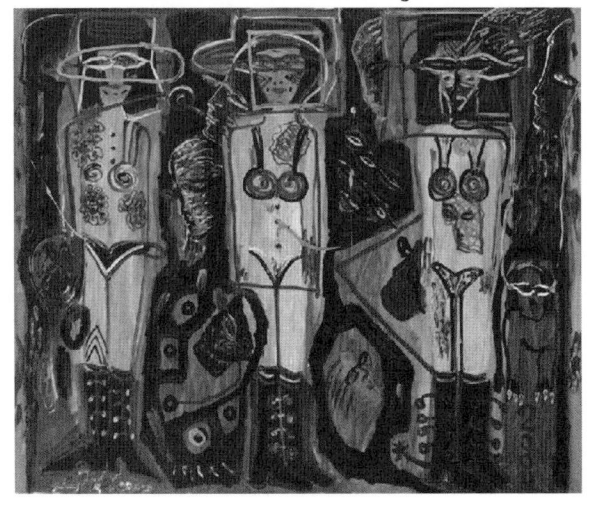

1.

Inventa-te o susto destas mãos
igual pássaro ao tiro da matina
ou na ira que acende o tufão
e me cabe dizer em branda cavatina

da sanguínea feito mestre
ruga a ruga te concebo
em paga fresco sorriso teu recebo
eu que só sonhei teu vozear terrestre

amanhã saberei que te foi razão
a canga lêveda no vedado terraço
onde potril transitavas o verão

guarda porém as mortas falas laço
que te prende às passadas vidas
ao louvável amor das dúvidas

2.

Encima o ombro a ternura, o enleio
– é a filha nos seus potris três anos.
Eu, nos meus já pasto de desenganos,
nada mais quero que servir-lhe de esteio.

Agora é o doraemon que pela mão
nos leva, por sobre campos de fratal
brilho, alto galope de tarde à parietal,
"con su bolsillo magico", diz a canção.

Arde em suas íris o vivo sol do sul,
sem essa rémora que a voz jugula.
Fora pintor recobria-a de hialino azul,

mas eu só posso essa luz sonâmbula,
avesso desse silente fuzil que no sul
cospe o dia como imorredoira bala.

3.

Pinto-a à luz limpa e dura
do verão, altura do chão quase,
gestos veleiros rasgando essa gaze
com que a manhã se emoldura.

É ela a comenda e a medalha
desse fazer-se ronceiro, sem vertigem.
Flor-menina, cubro-a de fuligem
para que da vida saiba a suja navalha.

Onda, brida ou somente meio-dia, corre
indómita pela casa; no galope das pernas
inda bambas firme vocação de torre

já se adivinha. Telegrafista de penas,
sabota-me a cifra essa exaltação pura,
sua tez embora cor da manhã madura.

4.

Ei-la, pequena corça, caçadora
ágil que me embosca o coração.
(Oh, ternura de assalto também não,
no casulo imaginário com que pura

poesia sonho).Não mais a paz delida
que abafava os domingos, mas esta
filha que um calor de festa empresta
aos duros tormentos da imóvel lida.

Não mais o polvo insone segregando,
em treva e tinta, sua febril morada
– algum azul de vez em quando

(da cor dos olhos da corça alada),
mesmo se ao frio bramando
pátria futura já sombra escalavrada.

5.

Também, vós, sobrinhas minhas, haveis
bicicletado vossa alegria, não em fofos
selins de veludo, mas em duros lombos
jumentais. Se em moldura já não cabeis,

é porque vosso pedalar furacão que não
anuncia meteorológico boletim de tevê –
quem em vosso sôfrego alancear não lê
explosão de fotões nas dobras do coração?

Tornado em que empenho sossego e siso,
vosso riso, claridade pura, tensa linha
subtraída à usura. Seu secreto fulgor de oiro,

nenhuma lei da física explica. O rouco aviso
do tempo, com seus ácidos e grainha,
só em mim semeia as sementes do desdoiro.

6.

Não se pode dizer que está risonho
Nem tão pouco com o triste se parece.
Mas à luz deste dia que fenece,
tristeza é só o epíteto que disponho.

Na tinta com que digo regaço,
já voam céus de fumarolas, namoros
que houveste, mágoas, f'ridas, choros,
acaso minha mãe estugando o passo,

pobre ruth sem cântaro nem alvura.
Faço porém por merecer teu olhar puro,
essa corda que nos enleia no escuro
do sangue adoçado a rapadura.

Que o mundo me faça poeta duro,
mas não amor dizer em verso impuro.

7.

Eu também nada sei do urogalo
(será um galo doido, um galo d'oiro?),
mas perscruto-lhe no canto o desdoiro
quando pela casa a alba derrama o seu halo.

Eu tive por amigo certo galo, metódico
galo que anunciava as manhãs, mas porque sei
que a felicidade tem sempre um reverso, hei-
-de a tirésias perguntar por este melancólico

e nobre animal, ave não de capoeira,
mas cantor de hábil coloratura. (Neste estreito
apartamento eu não posso o del mónaco ouvir,

mas tenho de gramar da vizinhança a chinfrineira).
Apenas seu livre canto por bálsamo aceito
pensando agora na solidão que há-de vir.

8.

Reincides solerte, em tom azul-ferrete,
traindo forma e nome que te dei –
haverá destino mais silente que esta lei
que te fez para sempre, encerrado em verbete,

negro corvídeo que voz alguma louva quando
desces às salitradas penhas perturbando a paz
dos ninhos? Em stereo, teu crocitar loquaz
debitas. (Fino melómano fora, diria sforzando,

com um acento levemente snobe). Mas comove
a gente – raio de emoção que me sabota
a proporção – a aridez desse voo por tardes

de silêncio e griso. Teu lamento é pó que chove
agora que a noite segue em imperturbável rota
e tu rememoras a previsível trama dos desastres.

9.

Leva sol na garupa/ o poldro desarvorado.
Agora sou eu o cavalo trotando os valados
– à feira levo pobres versos mascavados,
que não passo - hélas - de vate deslustrado.

Sei da pressa que se faz vara em teu dorso
sem xairel - xadrez de estrelas por samarra
houveste, tu que ao verde vento da barra
foste meu imbatível navio de corso.

Cavalo és, mas de cavalgar campina aérea
– de um destino de miséria vais fugido?
Se te evoco, ó pobre relincho, com piéria
voz, é porque tua brida fogo renascido.

Tu, alegre ucello, traze a tela e as tintas;
fá-lo com inocência, mesmo que mintas.

10.

Que de vós, aves minhas, como meu
pensamento estendidas por céus de que não
sei azul ou brisa, ou tão-pouco esse véu
– outonal hipótese – que adeus é do verão?

Que de vós o frémito a estilhaçar-se
nas duras dunas, onde imponderável
o susto, mas nem uma prece a elevar-se
na sua lentidão de sopro quase arável?

Outros céus por vós clamam? Mais azuis
dias, alheios à certeza do declínio? À luz
desta chama que agora os brônquios queima,

lembro-me de quando éreis náufragos pelos pauis
ou imitando o rouco vaivém dalgum alcatruz.
Se já mortas, porque vosso frio halo ainda teima?

11.

Uma ida à cozinha pelo escuro encerra,
para o gato jeff, total assombro. Claro
gato que da morte sabias, animal raro
não eras, mas no dolente silêncio da terra

teu acordar epifania era. O surdo peso
do tempo é em ti leveza pura. Mas o pez
dos dias que deus em clara tinta o refez
pra que nas dores da criação finjo que rezo?

Um que fora professor meu, da gatidade
do gato falava, ignorando, porém, o real
gato que tu eras – ao sol do meio-dia,

sacudindo a poeira, em verdade, verdade,
eras um anjo da terra. Não eras bicho ideal,
mas pra guardião do meu sossego só tu queria.

12.

Ainda a tigridez do tigre apenas
um diluído sonho na cabeça do pintor
– salto na noite agitando o céu sem cor;
porém, mais obscura faena as cenas

que o poeta aqui conta, sem outro modelo
que esse fio de voz indecisa e a geral
aritmética que nada tem de luz total:
por trevas, penumbras, busca o incerto elo

que une o tigre e seu modelo – nenhum
ofício mais demencial: converter na forma
de um ser, silhueta recortada ao alvorecer,

o que no sonho não fora mais que zunzum.
Porém, em seu salto-seta, já do estio retoma
a cor, real animal (todo vida) no ser e parecer.

O FLATO DE ORFEU

1.

Poesia, senhora de mim, com que silêncio
ainda me falas no mais escuro destas salas?
Eu sei que já não são esvoaçantes balas,
nem menos letais armas, os tropos, a inventio,

mas porque calas a dor que ainda minto em
palavras, pensamentos? Se por ti pergunto,
já não estás, nem o medo da morte é assunto
que te inquiete. Trama alguma aponta o além,

pois tudo é rasgada porta por onde o escuro
vem. Oh, escuta o som das extintas orações
quem, mesmo obscuramente, não saberá

que de harmonia já não falam? Puro, puro,
só o remorso de ter gasto a vida nesta espera,
sem palavras com que dizer adeus às estações.

2.

Soltei meu ronco e fiz-me ao mundo
(a vida tem dessas exigências brutas)
vedei as ventas contra moscas astutas
essas que adoram o ranço que jaz fundo

aramista de nula perícia fiquei alerta
nos galhos altos perto do deus
eu que jamais sonhei ser um dos seus
que não sou mais que bicho perneta

soltei meu traque (isto é fiz-me poeta)
fui catalogado na tabela de lineu
entre o macaco e um tal de orfeu

tive por prémio meia página de seleta
foto estampada em colorido magazine
fazei-me ó deuses rude poeta de fanzine

3.

Erro, dissonância, qualquer coisa
assim como uma desordem arterial.
(Como saber se a morte que poisa,
dedo em riste fuzilando a parietal?)

Eu, porém, confiava em vagos versos,
demasiados pra tão curtos sentimentos,
e é a eles que regresso, dedos lentos
soletrando essa litania de conversos,

em que o metro é o polícia sinaleiro,
quase divindade que em outra vida
hei temido (por isso este jeito mesureiro),

mas certeza alguma guia esta lida,
nem o medo derramando-se inteiro
sobre a escura trama a que chamam vida.

4.

Jornadeei sonetos este novembro
coisa assim não me alembro
embora desde as neblinas de setembro
vozes almocreves me crescessem dentro

sem dolo pirateei (que na arte
não há outra lei) grande assim assim
e nem deste modo o tormento teve fim
– quem te mandou a ti negro calafate

ousar o donaire que do florentino
a aretino tão alta lei se fez?
perdoai nobres fiscais este erro desatino

prometo dedicar-me somente ao pez
na minha lavra nem grão de fino
por isso não me pedi arte cortês

5.

Não me assiste divino mestre
na dura lida ao touro incerto
mas apenas este vozear terrestre
que tarde noite me mantém desperto

jamais pobre cautério de esteta
mas disciplina de pedra *sua calada
condição* sequer música que faz alada
a trama viscosa da prosa mais perneta

no sombrio intervalo entre erro e erro
meto suor desespero assobio de medo
por meu engenho demasiado perro
(por vezes há que afiar o esmeril a dedo)

mas no tempo da safra esquecer o berro
que isto de dores redentoras é engano ledo

6.

Poesia é arriscar-se ao erro
sem blindagem ou armadura
não a procura da cor mais pura
mas no mais fundo fedido aterro

irmanar-se à noite escura
sua lei por obscura requer
lâmina metal não por seu ser
recesso mas porque sua luz dura

limpa da enxúndia da cultura
dá-lhe a condição de inculta pedra
ou de coisa que sobrou impura

como este soneto de incerto
metro – negra matéria negra
que toda a noite me traz desperto

7.

Tudo no poema é vero e sentido
estertor berro cãibra tudo é final
que contrabandeia a pauta qual
eco repetido ou fugitivo estampido

piéria voz decadente e glabra
que esta rupestre moldura guarda
tudo é esta rouca música em que te vens
pobre poesia que nem o pagode já entreténs

rilkes em muzot perscrutando o adriático?
rimbauds negreiros estações no inferno?
só o meu vizinho e o seu berro ciático
sempre que o calendário assinala inverno

digam lá se a poesia fez ou não progressos
(enquanto com o mindinho sondo os recessos)

8.

Março. Arde o dia a um sol de febre.
O que dizes tem o fulgor de caducas revelações.
Mas as contas do passado voltam sempre
para escavar no sangue seu tributo de canções.

Não escrevas com inocência, que um lobo uiva
por detrás de cada gesto que ameaças.
Não vaciles, não recues – em toada ruiva
avança firme, imitando antigas danças.

Ao lugar não simétrico onde descansa
a fúria, confia a inventada vera vida,
incoincidente com essoutra terrestre e lenta,

a indecifrável voz movida. Numa balança,
coloca do mundo a prosa e a medida –
teu, apenas o que nesse intervalo rebenta.

9.

Por obséquio me pediste nobre
canto doce encanto mas a tanto
não sei se alcanço lanho desencanto
talvez pudesse nesta pobre arte pobre

das altas vidas suspeito apenas o ardido
traço o intervalo em que humanas
se fingem e são então quase tristes anas
e julianas ante o abismo mais desabrido

cada palavra me sabe a seta navalha
viva chama tormento incandescente
e se não soa na voz o clamor da falha

é porque quanto em carne se sente
em tinta se mente do grave ao risível
tudo ainda em pobre rima convertível

10.

Trazes de todos os campos os segredos
da derrota, mas é ao teu ferido rumor
que prendo minha vida, eco sem furor
na irreversível rota dos degredos.

Dissonância, falha – tudo num poema
se corrige; mas a vida, este pobre adereço,
esquecido em trocado endereço,
em celeste decreto sem apelo eterno tema

foi declarado. Por isso, antes que de brutais
flechas me cubra o tempo, desenha-me
assim em vestes e poses pouco reais,

que outro mais alto não haja neste certame,
mas ao nascer do dia seja, em modo gaio,
declarado sábio por cada acordado lábio.

11.

Que razões sustentam o voo de um sino
declamando " *a equação celeste do destino"?*
Raros os dias em que a sina escura
não grafa nas veias uma lei mais dura.

Mas faz da tua vida uma arte de recusa:
da pátria, em que célere te amortalham,
tu que só nos versos os sinais que salvam
vislumbraste (aos órfãos da antiga musa,

confortará qualquer placebo edulcorado);
da fama, que é a subtil cília com que
tentam domar teu verbo escuro. Giza

com a tua fala o incomum destino anunciado
nos levantinos portos de embarque - vida
é o que desborda deste molde de decalque.

12.

Não como o glauco, sou são do olho.
(Até ver, até ver, como dizia o outro).
Se meu verso é fracote, como do potro
o pinote, não é por ser caolho,

mas porque desbotado o mundo
toda a arte é como um pum –
fica apenas este flato, este zunzum,
em que tudo muda e também me mudo.

Épicas, apenas as bronhas quando só;
quando a tarde essa emboscada
de azul e sol e um brilho de pó
poisa na fachada recém-caiada.

A vida existe para acabar num dó,
quando não em ciclópica gargalhada.

MÍNIMO OSSÁRIO
Sonetos para o meu pé esquerdo

1.

Ao soneto aportei, influência do podólatra
paulistano. Se ao baixo pé me fixo agora,
isto já é outra estória – fraco geómetra,
errei palco e sombra; lá onde o vento chora

foi-me lume a manhã de inverno. Na poesia,
programático, desgoverno é minha vida: pobre
engenheiro serei onde só oficia escriba nobre?
Impenitente fugitivo da certeza, dia a dia

assobia a escura atroz dúvida se vez alguma
saberei da alta poesia o vão segredo. Tudo
porém será explicado, ó milagre do raio xis,

quando o lente decretar, olhando a turma,
tíbia fraturada. (Cá pra nós - mui sortudo
foste, meu coirão, por isso não tentes o bis).

2.

Agora sinto a manhã à flor dos ossos –
aos guizos de outrora, estalam-se músculos,
tendões, como se por antiquíssimos poços
fora a dor maré em minhas veias. Pulos

que desse, seriam só upa upa entre lençóis,
inda vermelhos sóis a trote e passo pelos
campos de torpor, embora de ígneos girassóis
esse jeito dengue de saudar o dia. Refi-los,

pela química ferozmente lírica, alvorada de sons
atiçando a combustão. Ao destino arborícola
só pernas pra jornada peço, e crinas de espanto

na adivinhação do rumo. Ó manhãs de tons
inúmeros, mereço minhas penas de cavernícola,
mas não alvoradas de fogo em escuro canto.

3.

Não foste da alta competição atleta,
mas, em teu jeito perneta, um natal
branco me proporcionaste (se lei fatal,
não sei, mas este soneto já pede muleta),

não de vertical clara neve tombando
das alturas, mas desse gesso pó do chão
que hoje faço nobre tema de canção.
Se ao azar não sabemos onde e quando,

a mim sempre me levaste, mais garboso
que um jumento, aonde os dons estão
dançando; minha sina embora tombo

tão sem estória, que não fora danoso
amor igual seria a vazia vida de cão
descendo soalheira calçada do combro.

4.

Pela luz de névoa, já o sábado é fumo
(adeus, ó semanal passeio ao parque,
com minha filha feita pequena joana d'arc),
mas pela tinta do escuro invento um rumo

para meus pés já a toda dança arredios. Já
o mar só o conheço pelo azul que houvesse,
pois seu potril galope rouca ária que fenece.
(Ao manco esta é a música que o deus dá).

Oh, quantas vezes dei ao pezinho, quentes
noites de estúrdia e canções tristes, agora é
outro o som cabriolando em minhas veias,

rouca onda de angústia que claras lentes
medem, mas motivo único és agora pobre pé,
mai-la churda gaze em que dorida te enleias.

5.

Flitena, eritema, eczema – pra soneto
não serão baixo tema? Vertical, porém,
no comum silêncio que do deus é desdém,
na manhã espigada soa o médico decreto.

Minha dor bem gemida (envergonhado
embora do sorriso da enfermeira castelhana)
não seria bem maviosa ária siciliana,
mas alento do que o osso traz quilhado

por mor de mal medido salto. Mas amanhece
num solo de Turina, à química do sonho
entrego os prenúncios da dor, pois socorro

são as mãos da jovem castelhana. Inda fosse
só o calor fingido de um dezembro tristonho,
ante tão sinestésica aparição, todo eu coro.

6.

Fui sempre mais hábil de mãos do que
de pés: na pívia, imaginando a condessa
lívia; no jogo, só pra goleiro, que é peça
que não faz a peladinha. Quanto breque

agora que minha bota é gesso e eu sou
o suplente zero, embora com tal fervor
cante da pelota o inexaurível esplendor.
Já me doem eletrizantes sextas de show

em meio ao fumo e às serpentinas. Dar
à mão agora é o remédio inventando nota
para a minha dor. Ó valsinhas que dancei,

batucada, às vezes samba, rodar no ar
já não é seta que indica nenhuma rota,
pois a dor bravia é agora mais alta lei.

7.

Pé és, plantígrado prenúncio do hominídeo
vertical. De manhã me levavas ao emprego,
bem mais rápido que as águas do mondego;
agora mirras qual se nas veias corre o míldio.

Enfaixado em gesso e gaze é-te noite
a estrada clara, onde perigo é esta dança
ao som dos drinques de outrora. Cansa,
porém, esta ferroada matinal, do açoite

feita valsa, na malfadada tíbia remendada.
Alheio aos urros do pai rezinga, chega a filha,
flor pedida, raio&lume no coração assistolado

do poeta enfermo. Não com voz mentolada,
minhas dores de bardo fingirei; de quilha
ao zénite, porém, direi: sou eu o encalhado.

8.

Gramo teu pezão, me diz a dondoca;
eu, alanceado ao tesão, sou alazão
fogoso, garboso no trote e no esticão,
rumo a essa mal amanhecida toca.

Nem mão com lenço para as dores
do adeus, nem pés à poeira desenhando
o justo rumo – já sou osso baloiçando
em descampada feira de horrores,

mas pra pretinha minha boto meu pé
no prego, mato dragão se necessário,
até fé em deus finjo. Pura inocência

se chamava, trabalhava num escuso café
da esquina, no minete fúrias de corsário
punha. Eu incréu não quero outra ciência.

9.

Já o indigno de pena à casa torna.
Ao adeus ganido do outono, que é fogo
nas folhas mortas, eu, o aleijado, rogo,
pra meus pés, suaves acordes de morna.

Mas um Brahms vibrátil me recebe, a mim
pobre plebeu, que entre canteiros ensaiei
a dança do pé coxinho, pois tão áspera lei
me foi deslize matinal num outonal jardim.

Oh, atonal saudade do bulício que o dia
reacende, um poema é pouco para dizer
das falenas a magia e, pra meus pecados,

nem rondó de búzios ou sirenes ao meio-dia.
Pudesse nos acordes do frio a queda predizer,
ossos meus os quereria pelo sol recauchutados.

10.

E agora, josé, que estribado vais num
único pé, para loja e para o café, igual
esse verde sabiá que viste lá no pantanal,
sempre haverá quem te convide pró rum?,

ou já só escutas o zunzum dos que lamentam
" coitado do josé"? Da planta aos artelhos,
todo eu sinto a manhã voando pelos quelhos,
mas, nas dores que os versos reinventam,

atenção ao metro, que este soneto, apesar
de louvor ao manco pé, ao bardo aretino
tira o boné. Método sagaz, diz o mattoso,

é dar um passo atrás, à frente dois. No calcanhar
posto, intento a técnica; mas, ó irrevogável destino
de vate indestro, não logro mais que avanço tortuoso.

MATÉRIA ÍGNEA

1.

Não direi que do amor sei as maneiras
eu que só da solidão decorei tempo e modo
deitado ao sol como um dragão de komodo
imagino sôfregos arfares langues canseiras

ou que ela me cavalga o madeiro
poldra indócil que no cerco range
rápida amazona que o flanco tange
o duro malho beleguim inteiro

então sem modéstia sou o impante galaaz
em upa upa qual infante comovido
que a noite traz claros sonhos de paz

tais trabalhos são porém cólera viva
dura batalha que me traz moído
mas eu só anseio essa seta recidiva

2.

Sem defesa, é o arpão do cio:
onde a noite e seu decurso,
faz a seta o seu percurso,
por nevoeiro ou mais frio.

Tem espias mesmo de dia,
quando sol e meio-dia
e traça a faca em syguirya
culpa, vertigem, viva guerrilha.

Cavo som de brabos rios,
que dique algum apresa,
tece nós, corredios fios,

ou apenas essa fome que retesa
lassos membros quais pavios
em roucas ilhas de pobreza.

3.

Posso mesmo dizer-te que gramei esta
foda? Repetir em linguado (ou filete)
os viris uivos que mais que ardor deleite
foram? Caberia em dicionário a lesta

batida em que a seta jamais erra a fresta?
Mas um torpor me vara a língua em que me
alonguei até ao fosso. Fora eco que redime,
serias só cândida lira na nascente floresta

de espinhaços. Cem foles, porém, não são
metáfora digna pró árduo sugar do piço
descrever – se acontecia faltar-lhe o viço

arengava-o num trejeito meretriz – lição
de bem foder me deu esta pura niña
pelos couvais onde a poterna se aninha.

4.

Minha senhora quero enfiar minha maça
em sua nassa assim acavalitados té sana
iríamos com licença da senhora sua mana
hossanas cantaríamos alegria d'el e nossa

nosso feito seria invejado até na nasa
(poisar assim suave sem nenhuma mossa)
em televisão daria audiência grossa
mesmo se à luz desta pobre chama rasa

noite lassa não haveria que minha
maça é bom vigia té grota escura palmilha
ó cadelinha que em lume fazes este molosso

outros te dirão que no coração fosso
lhes fazes eu dou-te só o ardor que posso
como alegre forçado condenado ao poço

5.

amor é foda? eu fui deste celeste
quimbo soba de porrete e cassetete
intendente deste escuro palacete
por isso não me chameis de cafajeste

esgaçar cricas é arte nobre
é fogo que arde e se vê
mesmo se em porno canal de tevê
ou nesta pobre rima pobre

eu não diria suave milagre
esse deslizar da piça até à cona
mas louvo seu acre odor vinagre
néctar para a língua sabichona

ó minha escarranchada puta bela dona
conta-me essa da ovelha e do padre

6.

Amor é fogo que arde e (também) se lê
cursiva caligrafia de um escriba lento
árduo tema que em mim reinvento
fundo desatino humano sem porquê

se o dia silêncio de luzes no céu distante
na escura dobra do corpo o tempo é lei
o ruivo decreto qual se antiquíssimo rei
no sangue instala a rouca vitória impante

anunciando não hei de obedecer a senhor
tão rude inda dia a dia mais mole o ânimo
e o corpo inteiro já pasto dessa chama

todo o futuro é escuro manancial de dor
e o ígneo coração álgido couval de limo
onde já só a poeira do mundo brama

7.

> *os trabalhos de amor são os mais leves*
>
> Fernando Assis Pacheco

Os calos do amor são os mais doces
de quantos nesta vida nos atazanam.
Se a funda dor de existir não enganam
(bípede inquieto e dividido não fosses),

os terrenos padecimentos sempre fazem
mais leves. Se por vezes esse dó sem eito,
subindo das vértebras até ao peito,
em vulgar rima na boca o trazem

bandos cegos na selva do entardecer.
Fora só o manso fogo que nos consome,
mesmo destino incandescente, que fazer?,

como Orestes perguntarias. Filho da fome,
à maneira de vulgar cantador de feira,
dir-te-ia: é fundo mistério tão doce canseira.

8.

No exato perímetro onde o corpo dorme,
é momento de a sombra estender seu inexato
manto, pequeno teatro onde apenas num ato
a vida decorre, náufraga barca, voz disforme,

imitação imperfeita do que fora vivo enredo
das conquistas quando o terrestre lume
lavra na forma de uns olhos quase gume.
Então, no branco profundo coração do medo,

sou errante ave no destinado inferno
do amor, que não sei de que lado se
desatam os enigmas e os segredos, razão

deste eco, deste nome quase eterno
que apenas em pó e cinza renasce
sob os luminosos céus doutra estação.

9.

Do amor dizer seu ser bissexto
escuro tormento verrinosa erupção
que sob a pele nos abre alçapão
em modo vertiginoso e lesto

como estátua em meio ao parque
perdido no escuro e no nevoeiro
dos céus sofro decreto inteiro
falso super-homem indestro clark

importará perfeita armadura contra
felino assalto em humana forma?
por cada lanho a alma se faz outra

nem celeste brilho nem sombria trama
mas vasto armazém descolorida montra
onde vez por outra se acende uma chama

À BEIRA DAS CINZAS

1.

Ouvi cedo a murmuração do desastre;
o amor declamado em surdina ouvi.
Tu que a noite do mundo desbravaste,
não faças da verrina do tempo álibi,

nem do amor digas era uma vez: puro
ladrão de mãos de veludo, seu assomo
é helicoidal destino do poeta impuro
patinado por sete gerações de fumo.

Ouvi cedo o recolher dos deuses;
a saudade de marylin numa canção
baldia. Mulher que vens de onde

nem chega o salitrado eco das vozes,
não empenhes teus dias à lamentação:
do breu futuro nem um eco te responde.

2.

Já mickey mouse me chamaste
buggs bunny de sorriso e uniforme
e todavia me trai esse nome
gritado em rouco gramofone

pois a memória se não suspende
nesta hábil garatuja a ouro
cada letra sabe a látego choro
que à largura da folha se estende

tudo neguei ascendência signo sangue
nome cintilando em quadro de honra
retrato mesmo em pose langue

e esse rosto que por mim cora
quando o peito esse vivo bang bang
(escuta é meu coração à nora)

3.

Que o tempo que se vai não torna mais
sabemo-lo pela escura tinta da idade
tudo é ser mudado sem medida ou piedade
desejo amor fortuna apenas poeira nos anais

o primeiro orvalho brilha ainda em tua mão
mas por debaixo destes gris céus do norte
teus dias um a um encomendados à morte
inda do mundo escutes a jovial canção

se inverno a alma em exílio rememora
a volúpia do verão mas não para o tempo
seu eterno girar nem no litoral a desatada

vaga que a teus desejos a cada hora
muda em somente banal lamento –
para quê então a alta glória conquistada?

4.

Cobre-se o chão de verde manto
que já coberto foi de neve fria
em ti arde o manso sol do dia
a pueril beleza que em verso canto

dura sina é o passar dos anos
tu amigo a quem de longe chamo
sofres agora queixas dores espasmo
tão distantes já os dias ufanos

ao oiro do sonho cobre um fulgor
danado viçoso amor em desencanto
já mudado mas terás ainda assim

um último verão porejando cor
embora o dia couval de pranto
e o bater do coração clangor do fim

5.

Fora esta rua fulva pradaria,
serias tu astucioso índio?
O mesmo impenitente gládio
o pouco ar nos segaria

quando cortês descêssemos à planície
onde telégrafos anunciaram outrora
avanço, emboscada, retirada? Agora,
nenhum sinal disso à superfície –

a feroz batalha é apenas por um pouco
de sol, estratégica esquina onde exercer
mendicante arte, destino quase telegráfico,

que os nodosos dedos da mulher
soletram ainda num ímpeto taquicárdico,
sem a pose oficiante do velho cavalo louco.

6.

Ergue-te impúrpura rosa como o coração
dorido encontrarás cautério na canção
lento miserere em colorida estação
fora ainda humano diria que verão

mas uma elefantíase assolou-me o coração
fez de mim este cativo proboscídeo
(em meu desterro sonho-me ovídio
embora me saiba empenhado artesão

apenas) que o dia a dia não traga nem vivas
lágrimas nem a aritmética dos consumidos
dias em errada condição mas nas derivas

em que me acho e me perco redimidos
sejam os náufragos gestos as mortas vozes
com que estes imperfeitos sonetos cozes

7.

Se já morto me deste
em talião ou fotografia celeste
tabelião que minha vida escavasse
poderia apenas o eco que ficasse

da diária tinta em que me perco
patadas de suor luzindo pelo lusco-
-fusco golfadas de terra recado brusco
comunicando o jubiloso final incerto

suponho assim se nomeia o destino
pouco colorido vulto ardendo entre
pinhais árido enredo que assino
com duvidosa sabedoria campestre

arte alguma nenhuma fábula
guarda o rouco gume desta fala

8.

Que me digais agora, ó aves, aquilo
que não disse no poema. Que vos vades
em tão medido voo, em meio ao tranquilo
céu, é só o cortês modo de inventardes,

nas falsas palavras em que o amor arde,
o triste lugar onde o futuro se apreça
em euros. Mas o que fica é sem alarde,
qual náufrago que pela tarde regressa

com o mar rebentando pelas artérias.
Lírico embaraçado, como enxotar o rio
que me sobe pelas pernas? É deus que

contra as margens se assanha? Ou matéria
de sigilo os ossos emparedados pelo frio?
Ó inventada vida, pobre matéria de saque.

9.

Sofro a tarde, fulgor incerto,
mesmo se real o sol na eira,
ou o oficinal gesto mais perto
o faz em imperfeita derradeira

tela. Com o vago céu por talismã,
não me dói agora qualquer afã,
por isso a este escuro tormento
me entreguei feito escravo do soneto.

Se errei?! Humano, só me ficou
este rasgão das navalhas da sorte,
misturadas vidas, coisas da arte.

Mas é tarde para o remorso, vou
já vergado pelos adereços desta triste
lida como quem leva a vida em riste.

JOSÉ LUÍS TAVARES: UM PERCURSO FECUNDO E LUMINOSO NA NOVÍSSIMA POESIA CABOVERDIANA

José Luis Hopffer C. Almada

1.

De há uns tempos a esta parte, a crítica e os estudos sobre a literatura caboverdiana vêm-se debruçando sobre os sinais de mudança nos paradigmas estético-formais, temáticos, idelógico-culturais na poesia caboverdiana contemporânea, sobretudo naquela produzida no período subsequente à independência das ilhas, ocorrida a Cinco de Julho de 1975.

Na nossa opinião, essa mudança de paradigmas ocorre de forma insofismável em *Paraíso Apagado por um Trovão* e *Agreste Matéria Mundo,* de José Luís Tavares.

Neste poeta, como em poucos poetas contemporâneos de língua portuguesa, é flagrante a irrupção de novos paradigmas mediante o primacial recurso à reinvenção da linguagem.

O já relativamente longo percurso literário de José Luís Tavares (quarenta e um anos feitos a dez de Junho passado) tem o seu ponto de partida no Liceu Domingos Ramos da Praia, onde co-fundou e dirigiu a folha juvenil "Aurora" (de iniciação às lides literárias), no já longínquo ano de 1987.

Então "aprendiz de poeta e de ficcionista", embebido de insaciável curiosidade intelectual e em pleno processo de maturação criativa, José Luís Tavares foi frequentador regular das tertúlias literárias que, por essa altura, pululavam entre os jovens revelados dos anos oitenta na cidade da Praia.

Foi nestes tempos praienses que também iniciou a sua colaboração na revista "Fragmentos", do Movimento Pró-Cultura, publicação fundada em 1987 e na qual pela primeira vez deu um conto ("Quotidiano Cinzento") à estampa, para além de vários poemas indiciadores da sua progressiva maturação estético-literária.

Nessa mesma cidade, foi visitante assíduo dos Centros Culturais Português e Brasileiro, os quais lhe propiciaram fecundos contactos com as obras de grandes nomes da poesia mundial, como Ezra Pound, António Ramos Rosa, Eugénio de Andrade ou Haroldo de Campos.

A sorte consubstanciada na estrada para a lonjura que se adivinhava viria abruptamente irromper no destino do jovem professor do Ciclo Preparatório do Ensino Secundário, então diplomado com os Cursos dos Liceus, os prementes problemas editoriais que se viviam na altura, particularmente na capital do país, bem como a morosidade na escrita do prefácio, a cargo do autor das presentes linhas, impediram que, em 1988, José Luís Tavares publicasse "Entre as Mãos e o Silêncio", seu virtual livro de estreia, cuja qualidade, no entanto, poderia tê-lo colocado entre os melhores primeiros livros editados nos princípios dos anos noventa por elementos da geração literária revelada na segunda metade dos anos oitenta.

Do projecto de livro de José Luís Tavares ficaram os poemas publicados na revista "Fragmentos" e/ou integrados na colectânea "Mirabilis - de Veias ao Sol" (de intenção panorâmica do conjunto dos poetas revelados no período situado entre o imediato pós-25 de Abril de 1974 e Setembro de 1987).

A propósito desses poemas, alguns deles notoriamente juvenis, integrados na colectânea "Mirabilis – de Veias ao Sol", ironizou José Luís Tavares por ocasião do seu recente regresso a Cabo Verde para o lançamento dos seus dois primeiros livros, dizendo que os mesmos "lhe deveriam valer no mínimo um par de chibatadas", atestando, por esse modo, além de boa disposição uma louvável capacidade de autocrítica, distanciamento e auto-superação.

Corria, finalmente, o ano de 1988, José Luís Tavares teria a oportunidade de percorrer a sua Estrada de Damasco, quando, navegadas as "nuvens nuas" dos céus da Pasárgada para o saciamento da sede de instrução superior, então somente possível em longes terras, ancorou em Lisboa, onde, a par da frequência do Curso de Línguas e Literaturas Modernas e do Curso de Filosofia da Faculdade de Ciências Sociais e Humanas da Universidade Nova, protagonizou intenso e profícuo convívio com os escaparates, os auditórios, as tertúlias e outros lugares do saber e do lazer.

Foi nessa oportunidade, também de reencontro com os pais e demais familiares de há muito radicados na periferia da ex-capital do Império colonial, que o estudante universitário pôde contactar e conhecer a cintura suburbana da Pedreira dos Húngaros e do Alto de Santa Catarina, de onde, igualmente, pôde divisar e dissecar todo o resplendor de dignidade que fazia por sobreviver "ao logro no coração metropolitano do império" (como escreveu o poeta Arménio Vieira) e se acendia, inexaurível, no ser humano encurralado pela segregação social, racial e residencial, sem todavia deixar de se extasiar com o esplendor lato e líquido do Tejo, ele que vem de uma terra despojada de rios, mas bafejado pelo mar e, periodicamente, invadido pelas águas barrentas das cheias dos eventuais meses de *as-águas*.

Nesta cidade de Lisboa, também crioula por tributo de vivência, de impregnação cívica, de amada descendência, bem como dos dias costurados em suor e esforço das mentes perscrutantes dos estudantes e dos intelectuais e das mãos laboriosas das mulheres e dos *operários em construção*, todos originários das ilhas sahelianas, colabora no DN – Jovem (suplemento literário do jornal lisboeta "Diário de Notícias"), assim participando, com um outro caboverdiano (António da Névada), na emergência de uma nova geração de literatos de pena lusógrafa e de rosto português (por vezes, inevitável e sub-repticiamente apodado de pretoguês) e no JL ("Jornal de Artes e Letras"), iniciais por que é também conhecido entre os amigos e admiradores mais indefectíveis.

Apaixonado (diria até fanático) cultor de poesia, insaciável na busca do novo na linguagem e na perscrutação do insondável para além do real quotidiano, municiado com os conhecimentos da técnica do verso, da tradição poética e da poesia contemporânea lusógrafas, da teoria da literatura e da filosofia que a formação universitária e um trabalho quotidiano, persistente, as leituras, múltiplas e transpirantes, os dias insones e as noites de noctívago lhe propiciaram, José Luís Tavares propôs-se ser um partícipe activo e fecundo na invenção de um dizer novo, não só na poesia caboverdiana, como também em toda a poesia de língua portuguesa.

Dizer novo e fundado num cânone de raiz ocidental e matriz lusógrafa, mesmo se marcado por uma cosmologia pessoal, indissociável, ainda que por modo remoto, de um sopro badio e de uma sensibilidade assumidamente caboverdiana.

É o próprio José Luís Tavares que se desvela a Maria João Cantinho em entrevista publicada na revista electrónica *Storm-Magazine*: "Sou poeta e sou cabo-verdiano. O ser cabo-verdiano está subsumido na condição de poeta. Clandestino na ditadura do mundo, como o definiu Herberto Hélder, o poeta nunca é de um só lugar, de uma só língua, de uma só tradição. Híbrida e viajante é a sua condição, e, no meu caso pessoal, ainda mais, em decorrência do ethos, das peculiaridades históricas e do longo afastamento do solo pátrio".

Na prossecução do desiderato de inovação e renovação a que se propôs, José Luís Tavares tornou-se um festejado artífice da universalização da poesia caboverdiana e, nessa empreitada, cúmplice do labor e da herança ainda viva de poetas, companheiros da língua comum, mas também das ilhas nossas, grandes como João Vário, Gabriel Mariano, T. T. Tiofe, Corsino Fortes, Oswaldo Osório, Mário Fonseca e, deste modo, atípico testamenteiro da consigna de Arménio Vieira: "é pela metaforização do discurso que se salva o pensamento".

Os livros de José Luís Tavares estão aí para, *de forma absolutamente autoritária*, comprovar a mudança de paradigma na poesia caboverdiana contemporânea, por um lado, e, por outro lado, contribuir para tornar ainda mais visível a reinvenção da arte de escrever na poesia lusógrafa dos nossos tempos.

2.

É o que, aliás, constatou em estado de choque estético, o jornalista, poeta e crítico literário português António Cabrita ("corsário das ilhas", in suplemento "Actual" do jornal "Expresso" de 6 de Março de 2004) para quem o livro inaugural *Paraíso Apagado por um Trovão* é a mais "*autoritária*" primeira obra que leu nos últimos tempos", sendo ademais comprovativo de "um dos mais flagrantes domínios da língua portuguesa" que lhe foi dado testemunhar.

Na verdade, *Paraíso Apagado por um Trovão* choca, desde logo, pelo seu apuro de linguagem, vazada num português raro (quiçá rebuscado) na sua erudição.

Característico dessa linguagem é o seu quase despojamento do coloquialismo identitário da poética e do concreto léxico da caboverdianidade, por vezes marcada pelo chamado português literário de invenção claridosa, o qual se singulariza por ser frequentemente chão, mesmo se irrecusavelmente autêntico na sua pertinência cultural e assaz elaborado na sua inventividade literária. De todo o modo é o apuro da linguagem, na sua raridade e erudição, que tornam patente e incontornável o efeito universalizante de ruptura com o telurismo atávico, quer o de raiz claridosa, quer o de feição novalargadista e vanguardista.

O despojamento e o efeito de ruptura acima assinalados denotam-se como tanto mais insólitos, quando a convocação dos lugares onde o poeta enterrou o seu umbigo e passeou a sua sombra, os lugares *onde habita o trovão* (título do primeiro caderno) e das pessoas, redimidas da amnésia nos *retratos cativos* (título do segundo caderno), adensa-se de referências telúricas ou conexas com o real caboverdiano.

Referencialidade des-ocultada na medida em que, em regra, os motivos são inequivocamente caboverdianos e se trata da evocação da infância e dos seus trilhos memorizados como paradisíacos na sua devastada nudez bem como (sentimo-lo, adivinhámo-lo!) da encenação da memória junto ao mar do Tarrafal de Santiago de Cabo Verde - o da circunscrição do medo no ex-campo de morte lenta do chão bom - e à agreste paisagem onde *cristos de negra pele* se crucificam na azáfama da *corta* de frutos raros e cada dia na labuta dos pescadores é uma atribulação sagrada e rente à escassez do paraíso.

Referencialidade velada e surpreendente, no entanto, devido ao cunho universalizante logrado por efeito da meditação retrospectiva, orquestrada pelo "rigor e pela cadência" da palavra tornada cúmplice, como se parte indispensável da utensilisagem doméstica, percutindo inventariante (para utilizar o título do terceiro caderno "Matéria de Inventário") sobre as vivências experienciadas (Erlebnis und Erfahrung, diríamos em alemão), observadas ou, melhor, imaginadas e recriadas do e para o interior rural de Santiago e da vizinhança rude e numerosa, e por mor da elevação, até a um certo preciosismo, da linguagem.

Preciosismo, ressalve-se, não no sentido de fátuo e barroco exibicionismo verbal e lexicográfico, mas da adequação da palavra exacta e memorável à prolífera santidade dos lugares, à recusa do olvido e ao politeísmo dos olhares da revisitação sobre a chã variedade dos objectos de culto.

É essa linguagem elevada que, por vezes, é inesperada e insolitamente contaminada quer por expressões que remontam a Camões e à poesia medieval de D. Dinis da *frol do verde pino* e ainda sobrevivem no idioma caboverdiano, quer por termos oriundos do *crioulo fundo* (basilectal) de Santiago (por exemplo: *txabeta, lacacan, tabanca).*

Se para um leitor não caboverdiano (ou não conhecedor da variante-matriz da língua caboverdiana) presumimos que o uso de termos do crioulo fundo de Santiago pode provocar um efeito de estranheza - enquanto misto de espanto, surpresa, assombro e curiosidade em face da intimidade com o raro, quais pedras preciosas incrustadas num antiquíssimo e valioso tecido, já, de per se, de altíssima qualidade -, para um leitor caboverdiano os mesmos termos poderão, muito provavelmente, provocar um efeito de inesperada e inusitada autenticidade telúrica, cosmogónica, humana e identitária.

É esse efeito que vem somar-se ao assombro porventura sentido em face do insólito adveniente da linguagem utilizada e na qual ressumam tradição e modernidade, em toda a sua plenitude e soberania estéticas. Linguagem reverenciadora do cânone da mais alta estirpe mas também portadora de constantes, inusitadas, provocatórias rupturas que o autor prefere denominar *sabotagens linguísticas*.

É o mesmo efeito de autenticidade acima assinalado que vem juntar-se à magoada resplandecência do chão da infância, das suas veredas, dos seus trilhos e das suas genealogias, do seu indizível espanto, agora exumados por mor da encenação da memória pela linguagem – a mais alta, a mais trovejante - da poesia.

Opinando que *Paraíso Apagado por um Trovão* se oferece como "formidável trabalho arqueológico da língua portuguesa", em recensão publicada na revista *Artiletra* situa Fátima Monteiro o labor de José Luís Tavares no limiar de uma certa erudição dicionarista.

Explica a académica: "Encontramos nele muitas palavras que quase só têm lugar nos dicionários do português, enquanto se afirmam, ao mesmo tempo, como substrato e latência do medievo e do Renascimento na fala rural do cabo-verdiano de hoje. No universo vocabular, Gil Vicente e Camões não se sentiriam certamente em terra estrangeira. A presença de Camões não se denota, aliás, somente no vocábulo. Ela surge na prosódia, isto é, na forma de compor os versos, quando não na paródia directa do verso camoniano, seja o épico, seja o lírico".

Em *Paraíso Apagado por um Trovão*, a linguagem é, assim, ardentemente sincronizada, deliberadamente sintonizada com a poesia contemporânea e a tradição poética (o "veio da tradição", como refere o poeta), com a lusografia poética da mais alta nobreza, incluindo a de teor iconoclasta e pecaminosa (quer essa poesia – contemporânea ou oriunda da tradição erudita ocidental - tenham sido originalmente escritas em língua portuguesa quer tenham sido nela vertidas por via da tradução).

É também sobre a linguagem vazada em *Paraíso Apagado por um Trovão* que discorre o universitário Pires Laranjeira ("Um paraíso cintilante", in JL, nr de 26 de Maio/ 8 de Junho de 2004):" Escreve com uma pontuação e um estilo perceptíveis, que ajudam à percepção, sem "modernices" (que, por vezes, escondem falibilidades em principiantes), receptor evidente da lição medieval, camoniana, bíblica, ática, ovidiana, dominando a língua portuguesa no seu esplendor oracular, dramático, digressivo, narrático. Em que a espessura discursiva não impede o gosto da leitura (...). Enfim o domínio certeiro do vocabulário requintado num fraseado longo, complexo e paradoxalmente cristalino, dizendo as doces lembranças, os amargos traumas sócio-políticos (escolares também) e a saga popular". É esse mesmo universitário que tece as seguintes considerações conclusivas sobre o livro em pauta: " É uma das maiores surpresas, desde há muitos anos, da poesia africana e mesmo de toda a poesia de língua portuguesa, porque alcança uma maturidade inabitual em estreias, consegue a desenvoltura prosódica, a harmonia melódica e legibilidade de sentidos com sustentação simultaneamente de recorte clássico e moderno".

    O universo rural de Santiago, lugar nunca nomeado mas tornado reconhecível e quase mí(s)tico devido aos rastos do suor e do cieiro que perlam essa poesia, adentra-se todo no que poderia ser considerado como uma longa e ininterrupta meditação sobre a infância e a sua maturação, ao sabor das estações das vidas que crescem e fenecem no decurso dessa única estação rústica, assombrada pela chuva ("lágrimas desses antigos / rios sucumbidos à voragem dos estios") que era o tempo desse "país verde sem estações".

    Por vezes de indescritível heroicidade: "Vejo-o erecto na paisagem / Como um índio emboscando a tarde. /Tem junta de bois e alqueire de sequeiro. Tem filho na estranja e um nó no coração".

    Ou: "Feliz o que abraçou o árduo destino/ da gleba - embora sobre ele se abata / amiúde a inclemência, não lhe faltará/ o magro condão de haver tocado/ a cósmica densidão da terra".

    Densidão da terra por onde circulam os ciclos todos da vida e da morte, as marés completas do choro e do mar, as tentações repletas de alegria, de pecado e do sermão, então solenemente em latim, e junto ao qual, aparentemente inócuo, debita-se o tempo também concentracionário:"Aqui, circunscrição do medo. / Aqui, as letárgicas armas vigiam. / Aqui, tributos pagos em arrobas/ de queixume. Aqui, chamiços de ossos pela húmida tarde de Dezembro (...) Aqui a pedra berço da incubação. /Aqui, cárcere de sediciosos sob o assédio / dos mosquitos (...)".

Não é, pois, a ausência de referencialidade (explícita ou adivinhada) *a coisas nossas* o que empresta a marca distintiva de *Paraíso Apagado por um Trovão*, mas a sua convocação mediante um dizer novo na sua riqueza metafórica e obsidiante erudição e no que elas têm de universalidade ontológica.

A intertextualidade com autores como Rilke, Seamus Heaney, Vitorino Nemésio, Ted Hughes ou João Cabral de Melo Neto torna mais irrepreensível e latamente perceptível a condição humana que, sem fátuas sacralizações, se quer incensar em *Paraíso Apagado por um Trovão*.

Condição humana certamente de todos os lugares, onde crocitam corvos, e nos quais se almeja erguer-se "para a mortal vocação de ser humano", mas privilegiadamente de Cabo Verde, "chão antigo, / agreste, familiar" de "vida rude elementar, vereda de antigos passos" para onde se regressa pelo lúcido padecimento do informe, que pela arte em mundo se converte.

Arte que sem se nomear é um verdadeiro epos à infância, "essa idade também de desatinos", e justificaria, por si só, a colocação de *Paraíso Apagado por um Trovão* no lugar reservado à poesia de intenção e/ou ressonância épica, como ocorre com a poesia de T. T. Tiofe e Corsino Fortes.

3.

Ainda não se arrefecera o impacto do primeiro livro, impacto esse tornado mais visível pela atribuição do prémio Mário António da Fundação Calouste Gulbenkian, publica José Luís Tavares o muito denso e volumoso *Agreste Matéria Mundo*.

É de novo António Cabrita quem opina ("O Ouro do ilhéu", suplemento "Actual", do jornal "Expresso", de 23 de Abril de 2005) que em *Agreste Matéria Mundo* ("uma prova de fôlego com 220 páginas") "a geografia volve absolutamente literária e acentua-se numa auto-reflexidade que se compraz na remodelagem de géneros e tropos literários mas com um sentido de oportunidade e uma vivacidade que salva sempre o texto da literatice. Ao que acresce um humor, numa sábia dosagem de espontaneidade e cálculo, que nunca perde o pendor parecem particularmente válidas para o primeiro caderno do livro trágico:" e a vida, essa canção verrina, / entretém-se a fiar navalhas (…)".

Para Maria João Cantinho "denúncia de idealismos, apresentação de um mal-estar essencial são magma essencial que constitui esta obra, conferindo-lhe a luz de um sol negro que brilha sobre a encosta da melancolia" (texto de apresentação pública do livro publicado na *storm-magazine. com*). Outro modo de dizer que o livro é também de interrogação e de perplexidade sobre o próprio acto de criação poética.

Tal asserção é particularmente válida para o primeiro caderno do livro "A Deserção das Musas (meditações metapoéticas em chave lírica)", onde também é escalpelizada a condição maldita do poeta:"Recolhido ao brusco silêncio, crês / que a poesia nos solve das nossas faltas para com o mundo. Não te aperceves / que o tempo, ou outro deus qualquer, / nos pede contas dessas tardes /em que entregamos à pugna irredentora; a que não promete despojos, / embora trace os contornos do reino a haver".

Nos cadernos seguintes ("Cena de Cinzas", "Vernais", "Matinais", "Vesperais") o poeta prossegue as meditações - desmistificadoras, porque dessacralizadoras - sobre o mundo, e um dos seus correlatos, o amor (carnal, místico, religioso, etc.) e os seus escombros, tornados também visíveis em sítios trilhados pelo olhar nómada, pela descrente lucidez do poeta, e, por isso, tornados próximos e, por via da reflexão, expropriados. Ainda que com o despojamento de quem tem na descrença a sua fé e a pertinência do mundo resida na circunstância de o mesmo ser um único e indiviso lugar de resplandecência do verbo.

Escreve Maria João Cantinho que ressuma de *Agreste Matéria*

Mundo um certo cinismo, o qual resultaria, nas próprias palavras do poeta inseridas na entrevista concedida à estudiosa, de uma "clarividência amarga e triste, e uma secreta intimidade com as coisas e os seres". É a mesma estudiosa que ressalta: "mas um cinismo que é amenizado pela ironia (e também nesse aspecto José Luís Tavares nunca descamba na paródia fácil) e podemos dizer, assim, que a ironia é a sua consolação metafísica".

Em *Agreste Matéria Mundo* persiste José Luís Tavares no labor da transfiguração do real, do "informe" da "agreste matéria", pela linguagem e pelo seu poder sobretudo demiúrgico, porque também transfigurador.

A este propósito comenta Maria João Cantinho: "não lhe é alheio o uso de uma linguagem conceptual", ressalvando, no entanto: "se a usa, privilegiando o uso de vocábulos difíceis e acasalando-a com a trivialidade da experiência e mesmo, cruzando-a com a linguagem rasteira, não se deixa arrastar para o exercício estilístico e retórico, literário".

A concluir este breve excurso pelos livros publicados de José Luís Tavares, poderíamos dizer que o nascimento de um livro (sobretudo quando portador de uma cosmogonia pessoal e de uma assumida deliberação de ruptura estética e não só) é sempre comparável ao nascimento de um mundo e, quando de poesia se trata, ao desvelamento de um mistério que, mesmo extravasando-se para os outros, continua a ser sobretudo interior e habitado primordialmente pela solidão.

Então, somos nós, leitores, como que investidos no papel de escrutinadores da busca de reconhecimento por parte do autor, em boa medida devido à circunstância de também sermos testemunhas quase oculares desse parto da sombra, primacialmente desencadeado por uma infatigável e missionária radicação na criativa maldição da escrita.

E, por isso, sentimo-nos, nós também, feridos na nossa razão ética e na nossa sensibilidade estética - como se fôssemos nós próprios as vítimas eleitas da injustiça e os alvos preferenciais da perfídia – quando, escandalizados, porém impotentes, contemplamos o modo quase sacramental como se vem intentando sonegar e ocultar a luminosa qualidade da obra assim produzida e exemplarmente ilustrada nos dois livros acima referenciados.

Para tanto, tem-se lançado mão de estratagemas vários, de entre os quais avulta a sistemática preterição de estas e de outras obras em conhecidos concursos literários, assim logrando-se alcandorar outros às luzes da ribalta mediática e aos altares do reconhecimento público.

Mesmo se, *reconhecidamente*, menos merecedores de tributo literário, porque autores desiguais, nos quais a mediania e a convencionalidade coexistem com a mediocridade e, em menor grau, com alguma qualidade da escrita, todavia credita-se a esses outros, aliás muito festejados, autores maior sagacidade na manha e na manipulação dos bastidores do obscuro mundo das vénias mútuas.

Mundo, aliás, no qual têm imperado os duvidosos gostos da "monocultura identitária" (como corajosamente relembrava JLT aquando de uma sua sagração na Gulbenkian), do canhestro telurismo ou de quotas, instituídas de forma sub-reptícia para compensar vozes alegadamente detentoras da natural vocação para as artes, bem como melífluas e bem-parecidas "minorias", suposta e convenientemente vitimizadas pela história, pelo género, pelo lugar do nascimento ou pelo tempo do sofrimento.

Ainda que a mesma manipulação tivesse que significar o sacrifício de princípios éticos e deontológicos devidamente consubstanciados em regulamentos de concurso tempestivamente produzidos para a nominal salvação da equidade, da objectividade e da transparência do inapelável juízo dos decisores de serviço e, por esta forma, implicar o desassombrado e desapiedado enterro da estética, ela própria.

Nessa saga tornou-se possível a concretização do indisfarçável intuito do favorecimento ou da aceleração de outras - pretensamente mais sonantes - carreiras de proclamados ícones e candidatos assumidos a lugares cativos na nomenclatura literária e não só, mesmo se reconhecemos que, por vezes, à sua revelia e sem a sua activa cumplicidade.

Nesta circunstância, parece-nos oportuno relembrar António Cabrita quando no artigo "O Ouro do Ilhéu" se referia à (não) reacção de alguma crítica "metropolitana" (portuguesa, queremos dizer) em relação aos livros de JLT:" Loas à língua de um poeta com mais de mil palavras da comum fronteira lusa (...) estamos diante de um "caso literário", a que só a miopia de uma certa crítica obcecada com os graus de parentesco não dá o devido relevo. Com Tavares apetece lembrar o que Brodsky escreveu sobre Derek Walcott: 'esta cobardia mental e espiritual patente nos intentos para converter este homem num escritor regional pode explicar-se também pela pouca vontade da crítica profissional em admitir que o grende poeta da língua inglesa é negro".

Mutantis mutandis, pôde-se identificar idêntica vontade de ocultação e de exclusão do livro *Agreste Matéria Mundo* em certos meios literários mais reféns e prisioneiros do nacionalismo identitário, mesmo se convenientemente escudada numa argumentação de sinal contrário, fundada no pretenso exclusivismo literário do pretérito slogan do "fincar os pés na terra" do sahel insular. É assim que se pôde testemunhar a insidiosa actuação de proeminentes figuras desses meios literários no sentido da *ressuscitação* dos antiquíssimos e famigerados anátemas de *desenraizamento* e do suposto *comprometimento com uma corrente estética defensora da arte pela arte*, com os quais, aliás, quiseram também vitimar, em tempos idos, a grandiosa obra de João Vário consubstanciada nos nove volumes de *Exemplos*.

No entanto e como se viu, nada disso se tem mostrado capaz de diminuir ou de melindrar o alto juízo que reputados conhecedores da literatura fizeram e continuam a fazer da poesia de José Luís Tavares.

Repetimo-lo: não obstante a endémica persistência em marginalizá-la, ora condescendentemente confinando-a ao lugar menor de alegada obra de jovem escritor africano, ora traiçoeiramente condenando-a a um não – lugar, próprio de lusógrafos expatriados, mesmo se detentores de inapagáveis credenciais.

Os prémios Cesário Verde, da Câmara Municipal de Oeiras, e

Mário António da Fundação Calouste Gulbenkian, para *Paraíso Apagado para um Trovão*, e Jorge Barbosa, da Associação de Escritores Cabo-Verdianos, para *Agreste Matéria Mundo*, bem como o lugar cimeiro atingido nas Correntes da Escrita Ibero-Americana da Póvoa de Varzim pela primeira das obras mencionadas (entre as dez nomeadas num universo de mais de uma centena de livros) vieram de alguma forma laurear o inegável mérito da transpiração poética (e, assim, o estatuto de escritor de qualidade de JLT), como também evidenciar a perplexidade ética e estética que perpassavam a, por vezes translúcida, ambiência que presidiu à sua atribuição.

4.

Depois da publicação dos seus dois livros, enveredou José Luís Tavares também pela escrita de uma poesia em língua caboverdiana.

Para tanto o poeta tem-se socorrido de três vias: 1) a tradução, a partir do português, de grandes obras da poesia mundial, com destaque para os Sonetos de Luís de Camões e a *Ode Marítima* e outros poemas de Álvaro de Campos; 2) A versão em crioulo de poemas lusógrafos de lavra própria ou de outros poetas caboverdianos, como os seleccionados para uma antologia bilingue em preparação e devidamente assinalada em nota do autor do presente texto; 3) A escrita original de poesia em língua caboverdiana.

Os mais atentos puderam seguir alguns sinais desses desenvolvimentos mais recentes, na medida em que José Luiz Tavares (opção recente do poeta para assinar os seu textos e, assim, marcar a sua condição de escritor) tem-se transformado num dos mais produtivos cultores actuais da língua caboverdiana, como atestam os muitos "raps" e outros poemas – canções, publicados na sua maioria no jornal electrónico "liberal-caboverde", bem como um dos mais abalizados defensores e utilizadores do ALUPEC (Alfabeto Unificado para a Escrita do Caboverdiano), mesmo se, à semelhança e com a cumplicidade de outros "alupecadores" (como o autor das presentes linhas humildemente se confessa), permanecendo, contudo, assaz crítico em relação a algumas soluções, como a generalizada acentuação das vogais abertas.

Nesse labor, denota-se, desde logo, que o poeta tenta imprimir à sua poesia em crioulo a mesma riqueza lexical, a mesma exuberância imagética e o mesmo rigor estilístico, muito marcado pelo uso da métrica e da rima, que têm presidido à muito elaborada feitura da sua poesia em língua portuguesa.

Deste modo, tem-se tornado muito visível o seu intento de afastamento e de distanciamento da oralitura mais elementar, sem todavia descurar a exploração de todas as potencialidades morfo-sintácticas e lexicais do crioulo, incluindo aquelas propiciadas pela oratura e pelo continuum linguístico que vai do basilectal ao mesolectal.

Lisboa, 22 de Março/ Agosto/ Setembro de 2006
(reescrito e revisto em Fevereiro/Março/Agosto de 2008)

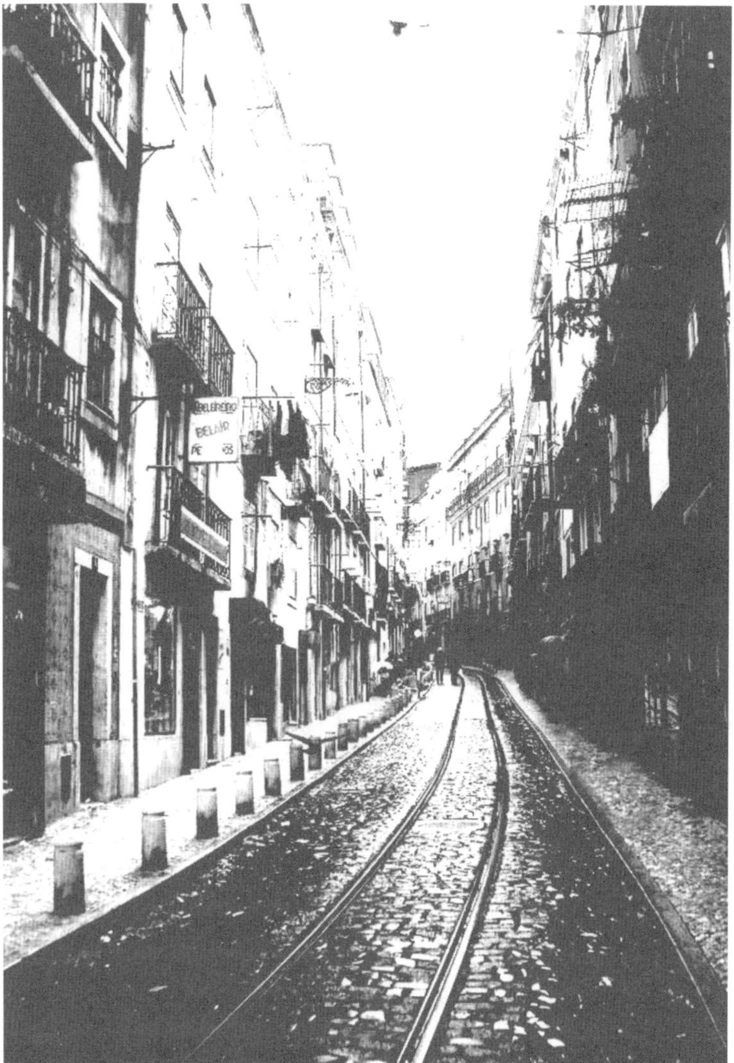

Impresso em São Paulo, SP, em outubro de 2008,
com miolo em offset 75 g/m²,
nas oficinas da Bartira Gráfica.
Composto em Frutiger, corpo 10 pt.

**Não encontrando esta obra nas livrarias,
solicite-a diretamente à editora.**

Escrituras Editora e Distribuidora de Livros Ltda.
Rua Maestro Callia, 123
04012-100 – Vila Mariana – São Paulo, SP
Tel.: (11) 5904-4499 / Fax: (11) 5904-4495
escrituras@escrituras.com.br
vendas@escrituras.com.br
imprensa@escrituras.com.br
www.escrituras.com.br